作家出版社 & 悬疑世界（上海浩林文化传播有限公司）

中国孩子

哥舒意 著

作家出版社

目录

第一章

回忆你的故事

我不知道自己在很久以后，会一遍又一遍回忆她的模样和表情。她的表情是非常生动的那种，每次换个角度看她的脸，都好像是另外一个样子。在很多次变换的形象里，她低头望着我，阳光从她身后的天空降落下来，把柔和的影子投放在我眼睛里。

她在对我说话，想告诉我什么，声音却总是听不清楚。我有点茫然，也有点担心因为听不清她说了什么而让她生气，过了一会儿我才明白过来，她只是在叫我的名字。她给我起的名字。然后我看见她的嘴角往上微微翘了起来，我想那是她微笑的样子。

那时我不但有阅读障碍症，还有面部表情识别障碍，我看不懂人们的脸。而她的微笑是所有的表情里，我唯一认得的表情。

“喂，狗狗。”她摸了摸我的脑袋。

她来找到我，像平常一样，我们去旁边的公园散步。从门口的绿荫道进去，往前走就是游乐园，由于不是周末，儿童乐园里没有小孩。我们走过两座河湾上的拱桥，来到湖中心的岛屿上。岛上有六个铜铸的雕像，分别是男孩女孩、成年男女和老年男女。我们走到岛的另一边，在岸边的椅子上坐下来，沐着清风面对着波光粼粼的湖面。

云絮在淡蓝色的天空缓缓飘移。

“我昨天晚上做梦了。”她说，“给你讲个故事吧。”

“你梦见什么了？”我问。

“从前，有一只小猫。”

她抱着手臂，望着湖面。

“它的家在岸边的草地上，是幢小木屋。离家不远就是条清澈的河流，河水缓缓流淌。小猫每天都趴在岸边看对面的风景。对岸有草原、森林、峡谷和神秘的远方。它对对面的一切都感到好奇，那里的一切是那么的不一样。看得久了，它就想去对面看一看，想越过这条河，去对岸的世界旅行。这是它的人生梦想。但是猫天生不会游泳，哪怕它就住在河边。”

我听她说她梦见的故事。

“没有桥吗？”

“没有桥，也没有船。河面看起来也没有那么宽，对面的景色好像一伸手就能摸到了，只需要游一下就可以游过去了，它想。它伸脚探了探岸边的水深。河水挺浅的，于是这只小猫往河流中间走去。可是刚走了几步，河水一下子变深了，水流也变急了，猛地把它卷进了水里。”

“它没事吧？”

“它呛了几口水，手脚乱扑腾，身体一个劲地往水底沉。它心里想，这下老子的梦想完蛋了，去不了对岸的森林旅行了呀。”

“啊，那怎么办？”

“就在它觉得自己快要淹死的时候，忽然发觉腿脚自己划动起来，原来它是会游泳的。不知道怎么回事，反正它一下子就会游泳了。于是它振作起来，决心游到对岸。它游啊游，游了一会儿，发觉河面比看起来的要宽，它怎么都没办法靠近岸边，游了很久，还是在河流的中部，一点都没有靠近。而且身体越来越没力气了。好在河水也不会让它沉下去，只是带着它往前漂流。”

“然后呢？”

“它被带离了原先家所在的河岸，离开了故乡，就这么一直漂啊漂的，岸边的景色随之改变，但它只能眼巴巴地看着。随着时间的流逝，它长大了，慢慢地从小猫变成了大猫，那些风景却还是在眼前，没有任何改变。然后，它在漂流中渐渐变老了，就更加没有力气游向对岸。终于有一天，它感觉自己游不动了，它最后看了一眼对岸，闭上了眼睛，再也没有任何感觉。”

“小猫……”我低声问，“死了吗？”

“它觉得自己死了。直到河水把它冲回了岸边。小猫睁开眼睛，发现自己回到了下水的地方，它的小木屋就在岸边。而且，它又变年轻了，和原来一样年轻，就跟一切事情都没有发生过一样。于是它静静趴在岸边，一直看着对岸的一切，那些森林、瀑布、高山，那些它梦想去的地方，一直看了很久很久。”

她歪过头看我。

“然后，我醒了过来……这就是我做的梦。一只猫一生的故事。你觉得怎么样？是不是很难懂啊。”

“我觉得这只小猫很可怜。”我沉默了一会儿，说，“它最后看着对面的时候，我感到很难过，不知道为什么。”

她凝视了我一会儿，把头靠在我肩膀上。我看不到她脸上的表情。过了一会儿，我觉得肩膀那里像被湖水的雾气打湿了似的，伸手摸了摸她的面孔，发觉她在流眼泪。

“你怎么了？”

“是啊，我也觉得很伤感。那只小猫，”她轻轻说，“我就是那只小猫……”

每次想起她说的这个故事，我都会觉得伤感。

她不在了很久后，我慢慢学会了自己读书，才读懂了她留下的那封信。我梦见了她的这个故事。梦里我看见她站在岸边，仿佛一只孤独的、无处可去的猫。

第二章　妈妈和福利院

我十六岁，住在上海的一个叫福利院的养老院里。大家都说它是养老院，里面住的几乎全都是老年人。从三十多年前有了这个地方，第一个老人住进来开始，它就是这个名字。不知道为什么没有改名，可能大家都习惯了吧。

从地图上看，这里是在城市一个不起眼的角落，基本就在左手手指尖的地方。我就生活在这个手指尖上，几乎从来没有离开过。

院子有两道铁门，晚上是关着的，每天早上才会打开，门口的保安员其实并不关心有没有人进去，只是担心有患痴呆症的老年人出去走丢了而已。曾经就有这么一个老人糊里糊涂地走出去，天黑了都没回来，对于福利院来说，这属于大事件。几乎所有的护工和保姆都出去找了，连头脑清楚还能走路的其他住院老人都跟着出去，还报了警。最后他们在公园里找到了他。那个痴呆的老爷子蜷着腿侧卧在湖边的一条长凳上，睡得很香。从那以后，老人要出去都要在门口登记，身上还带着一张纸牌。纸牌上写着名字、福利院的地址、电话和房间号。包括我也有这么一个牌子。

以入住的时间来算，我要比住在这里的多数老年人都要久。他们有的是后来的，以前住在这里的有的已经去世了，有的老得腿脚已走不动路了，而且就连护工都未必有我熟悉这个福利院，所以每到新人入住的时候，院长总是叫我带着他们到处看看，熟悉一下环境。于是我和护工搀扶着新来的老先生老婆婆们在楼里走动。

从大门进来走上一分半钟就到了我们居住的楼房，楼房有六层高，样子看上去有点像折了一半的三角纸飞机。每一层一字排开十几间房间，正当中的是上下楼的楼梯，正好把整幢大楼分成东楼和西楼。

正门口对着一个喷水池，不过从我住在这里起就没见它喷水，水池里养了九条红色的锦鲤。平时都一动不动的，只是有人来到池边时它们才游到水面上，等待别人喂食。穿过一楼的大堂，从后面的玻璃门可以进到楼南面的花园，花园很清静，有些地方长着青苔，平时没几个人到这里来。花园另一边的门一直是锁着的，因为直接连着旁边的公园。从楼上房间的窗口，就可以看见公园里的风景，那里有儿童游乐园，海底世界水族馆，还有一片湖泊，天气好的时候，可以看见有白色的帆船在湖面上缓缓滑行。

这里一共有八十间房间。五十间老年居室和三十间公寓。东楼是三四个人一起住的房间，西楼是单独的公寓，相对来说公寓的条件好一些，住院费也比较高，住公寓的大多是夫妻两个人，或者是家人，不过也有人习惯独居的，就一个人住在里面。护工和院长他们都在东楼的另一边，那里每一层都有办公室和活动室，在一楼还有一个很大的餐厅。

每一层楼都有公用浴室和电梯。住一楼和二楼的年龄都很大了，院里三个年过百岁的老人有两个是在二楼。五楼六楼则是后来入住的比较多，所以总的来说比较年轻。这里的平均年龄是八十六岁。七十多岁的就算是很年轻了。记得在我刚进福利院的时候，这里住着不到一百个老人，后来渐渐地人就越来越多了，就算很多人已经去世，可是到了现在，在院的数字已经达到二百四十八。

可能我是这二百四十八里年龄最小的一个吧。新来住院的老先生老太太往往对我比对这个福利院的情况更感兴趣。

“你在这里住多久了？几岁进来住的？”他们问。

“九岁的时候。”

我记得是九岁的时候。

“你怎么会住进来的？你的家里人呢？”

“我有妈妈。”

“你妈妈呢？”

“她生病死了。”我低头说，“在我住进来以前。”

基本上他们到这里就不问下去了，只是嘴里发出叹气的声音。有的老人就把水果什么的塞到我手里，好像觉得做了什么不对的事情要弥补一下，尽管从年龄上来说，他们差不多是我妈妈的外公外婆。

其实我并没有觉得很难堪，我只是习惯低头看脚上的鞋子，一些过去的事情不由自主就想了起来。有些事情我能够记得很清楚，比方数字。但另外一些事情就好像变得越来越不清晰了，像是有人在我的脑袋里朝着记忆的镜子哈气，镜子变得白蒙蒙的，看不出来曾经有过什么。

以前和妈妈在一起的生活，现在我只能清楚地看见她的背影，她一直忙碌的背影，忙着炒菜做饭，忙着在公用水龙头排队洗碗和洗衣服，她急匆匆地喂完我早饭，抱了我一下，就赶着骑自行车去上班。晚上帮我掖被子，帮我洗脚、洗头。给我讲故事哄我睡觉。有时她一边扫地一边哼歌。

有一个冬天，天气很冷，我穿着很厚的棉袄和棉裤，连步子都迈不开，妈妈带我从学校回来，我们站在门口，车上人很多。到站以后，我想下车，却绊倒了，从车门一直滚到了路边，就跟一个圆滚滚的球一样。我看不见周围人的表情，只是听见有笑声。有人扶我起来，是妈妈。她拍打我身上的灰，看我身上有没有哪里摔伤，我没事，我也不知道发生了什么事。摔疼了吗？妈妈说，不哭。

我没有哭，妈妈继续拍打我身上的灰，过了一会儿，我却听见她的哭声，好像很委屈的那种声音。她抱着我，在车站上就哭了起来。妈妈不哭，我一点都不疼。我不知道发生了什么，只是站在那里，抱着妈妈，一边听她在哭。

现在我常常想起这件事来，可是我却记不太清楚那个时候她的样子了。可能是因为那时我只是被抱着，看不见她的脸。

不过就算看见了，妈妈的表情，我却是看不懂的。看不懂表情这件事，福利院的老人们很多都不知道。他们只知道我不认字。

我认得自己的名字，可是写不出来。

认识的数字比认识的字多，很小的时候就可以从1数到9。9这个数字是一个界限，我尽力把生活中的一切数字都控制在9以内。比如说，人有9加1根手指，一打可乐的数量是9加3。我是九岁住进福利院的。

9以外的数字好像遍布着不可知的危险。

就跟外面的世界一样。

我不是很懂福利院外面的世界。我觉得它离得不远，一伸手就能摸到，可是我跟它不熟。

“你多大了？怎么不上学呢？”新来的老人问。

“我不上学。”我说。

“你上过学吗？”

“我上过几个星期。”

“后来呢？”

“学校说我不适合上学。”我轻声说，“我跟不上大家，会拖后腿的。”

老人们点头表示理解了。

“不过不是有另一种学校的吗？”有的老人好心说，“那种特殊的学校……”

我摇了摇头，表示自己没有去那种学校。在就读的小学让我退学的时候，我听见老师和我妈妈提起残障学校。我感觉妈妈很生气，一路上拉着我的手回家，浑身都在发抖。学校里有人叫我傻子，我问妈妈，我是不是一个傻子。

她狠狠地给了我一耳光。

“你管别人叫你什么！只要你自己别当自己是白痴！”

我捂着脸点头。我知道妈妈是为我好。她从来没有打过我，除了这一次。

不久以后，她就病倒了，住进了医院。

医生说她已经生了很久的病。在纺织厂上班的时候，她就常常胃疼得满头大汗，直不起腰。妈妈说疼痛只是一阵阵的，一会儿就过去了。白天她在车间里工作，从机器里引出一条条的纱做出整块的布，机器声很大，连我叫她都听不见。下班以后，她去厂里的幼儿园接我，骑自行车带我回家。

大概在我六岁的时候，有天早上起来，我看见她背对着我，一动不动坐在饭桌前，一口早饭都没碰。

“妈妈，你怎么不吃饭，是不是生病了？”

“不是生病。”过了会儿，她声音呆板地说，“妈妈下岗了。”

“下岗是什么意思？”我问。

“下岗就是没有工作了，以后不用去上班了。”

说话的时候，她用右手按着腹部。我有点高兴，因为觉得这样她就能多点时间陪我了，可是又模糊地感觉到，这对妈妈来说，是件很不好的事情。

她在家里待了很长一段时间。但是那段时间，每天早上送我去纺织厂的幼儿园以后，和傍晚接我回家以前，整个白天的生活，她是怎么度过的，我完全没有印象。就算现在拼命去想，也只能回忆起几个有限的画面。

妈妈在弄堂口摆着小篮子卖菜。她给人洗衣服。她去别人家里打扫卫生。晚上她在家踩缝纫机。我还和妈妈一起糊过纸盒子，像是玩游戏一样。她习惯性地用手按住腹部。

如果晚上事情都做完了，在我睡觉前，她会拿一本书给我讲个小故事。可是现在，那些故事我也已经都忘记了。

直到有个晚上，我快睡着的时候，我听见她说："妈妈带你去上班的地方玩好不好？"

第二天，她带我来到一个大院子里。院子里住了很多的老年人。比我以前遇见的所有老人加起来都要多。而且真的是很老了，有的躺在床上，已经说不了话，只能从喉咙里发出几个含糊的音。

妈妈对老人们说。

"这是我的孩子。"

她拉我的手。

"来，叫爷爷奶奶。"

那天我叫了很多次爷爷奶奶，自己都忘了有多少次。有的老人用干枯的手摸摸我的脑袋。

"蛮好的，蛮好的。"老人说，"一看就很乖。"

我们也见到了这里的院长，是个比我妈妈要大许多的婆婆。妈妈让我谢谢院长。因为是院长留她在这里上班的。

她成为这个福利院正式的护工。之后的两年多的时间里，我几乎每天都和她一起去福利院。她每天帮那些老人换被褥，擦身，剪指甲，倒垃圾，打扫房间，搀扶他们在院里走动。在这些做完以后，她就陪老人们说话。这种时候我要么安静地和瘫痪在床的老人一起看电视，帮他们换台，要么由比较年轻的老先生和婆婆们带我在院子里玩，他们对我说，这里的老人都很喜欢我妈妈，觉得她就像自己的家人一样。还有个婆婆对我说，以后你就叫我外婆吧。

他们找不到她，就会问我。

“怎么最近没看见你妈妈？她去哪儿了？”

“妈妈去医院了，”我说，“她让我在这里等她回来。”

我在福利院里等着妈妈从医院回来，她通常都回来的。

只是有一天，她再也没有回来。

我坐在院子里的椅子上。那个让我叫她外婆的婆婆慢慢走过来，摸了摸我的脑袋。

“留下来吧。”她说，“以后，你就和我们住在一起吧。”

于是我就留在了这里，和这些老年人住在一起。

住进来的时候，我从家里带过来一盆仙人球，这是妈妈去世前给我买的生日礼物。

“仙人球是生命力很顽强的植物，虽然浑身是刺，长得也不好看。”她说，“你要像它一样顽强地自己生活。”

每天睡觉前，我都会看一看它，在心里默默说晚安，然后和这里的所有老人一样，进入睡眠。

它很小，浑身长着绿色的刺，种在拳头大小的塑料花盆里，一直也没能长大过，就好像一颗小小的心脏。

第三章　老人们

早上六点钟的时候，很多老人就已经起来了，最贪睡的老人也最多睡到七点多。六点半是我们的早饭时间。护工推着银色的餐车一个接一个房间地敲门，送早饭。早饭、中饭和晚饭都是护工提前三天来问大家选定的，每天都可以不重样。比如星期一早上吃烧卖豆浆，周二早上是包子白粥，周三早上是菜粥花卷。吃完饭，老人自己把碗筷洗掉，行动不便的话就等着护工或者保姆来收拾。

上午的集体生活是从七点半开始的。七点半到八点是所有老人的关节操时间。跟随着广播操的音乐甩臂转腰，活动全身。领操员通常由身手最矫健的老人担当，穿着合体的运动服站在院子的水泥台上。关节操后大家各自回屋稍事休息。

九点到十点是兴趣小组时间，每天是不同的活动，周一是唱歌老人的欢乐聚会，周二是安静的读报日，周三是经常打翻墨汁的书法和绘画，周四又是很欢乐的合唱，周五是各种戏曲的时间。周六和周日只有关节操，毕竟都玩一个星期了，需要休息一下。

中饭是十点半就开始了。每餐的标准是两份荤素搭配的炒菜，牙口好的老年人还是很爱吃肉的。有的老先生还教导我说，男人一定要吃肉，不吃肉不行啊。不过总的来说，住在这里的人饭量都很小，只有一两个饭量很大。比如我。我一般要吃掉三到四人份的饭菜才能吃饱，而且还热衷于下午的点心。

午饭后到晚饭前有一大块的空闲时间可以自由支配。饭后老人通常会午睡，午睡时的福利院很安静，就好像大人们都去上班以后的居民楼，显得空空荡荡的。下午两点开始，大家都出来活动了，打牌，说话，串门，探望。护工给老人换被褥、洗澡和按摩。天气好的时候，三个五个约好了去隔壁的公园散步。公园不收福利院老人的门票，我们都可以自由进出。每到周末的时候，公园门口就热闹起来，有卖棉花糖的、捏糖人的、吹气球的、卖小甜品和油炸臭豆腐的。

这里的晚餐很早，四点半就开始送饭了。这时游园的老人也回到了院里，晚饭和中饭的标准一样。五点多大家就吃完了。除了值班人员，护工收拾好以后也纷纷下班了。每个房间都有电视机，老人们在自己房间里看新闻和黄金档的电视连续剧，多数人看到八点左右就洗漱好上床睡觉了，最晚也不超过十点。

十点以后，除了值班室和走廊以外，房间里的灯都暗掉了。福利院的一天就这么过去了。

院里和老人一起生活的节奏很慢，每一天都像是打着瞌睡，随意地散着步就这么过去了。第一年我住在爱华婆婆的房间里。她让我叫她外婆。

“你还是叫我外婆好了，反正我们都姓徐，是一家人。”

后来我叫她爱华外婆。她是我的第一个外婆，后来不断有老太太让我叫她外婆，我又有了二外婆和三外婆。

到了我十岁时，福利院为了照看瘫痪在床行动不便的老人，调动了一下床位，让我和两个老先生住在一起。他俩一个八十岁，一个九十六岁。反倒是八十岁的老人家瘫痪在床，九十六岁的老先生整天拍着他的肩膀叫他老弟，又拍着我的肩膀叫我小老弟。八十岁的老先生在这年的冬天去世了，院里又重新安排了下房间。

我再次搬家，这次搬到了走廊尽头一个小单间，而且正好在爱华外婆的隔壁。后来我就一直住在了这里。不过白天时我通常都不待在自己房间。我经常去别的房间，去公共活动室和那些年龄近百的老人一起玩。其实院里的所有老人都认识我，不过其中有一些总觉得特别亲切，就跟从小一起光屁股玩的伙伴一样。

其中就有一起住过的，经常拍着我肩膀叫我小老弟的那个室友。他除了耳朵背一点，不能长时间站着以外，其实一点都不像一百岁的年纪。据说他年轻时当过兵，曾经是个团长。后来因为一些别的事没有继续当下去，所以现在只好住在这个福利院里。大家都叫他百岁团长。

团长当过兵，手劲很大，拍人肩膀很疼。每次他要拍那个瘫痪在床的八十岁老弟时，我都觉得那个老弟的身子害怕地颤了一下。其实我也觉得挺疼的。他说话很大声，而且带着大葱拌蒜一样的口音，脾气有些急。有时在玩牌时会和别的老人吵架。有的护工阿姨批评他说，你当过子弟兵，又曾经是干部，现在都这么大了，怎么还这么不像样。团长就不吭声了。

他对我很好，教会了我下象旗。因为我不认字，他特意不知道从哪里搞了一套完全是雕刻的棋子来，车马将卒相每个样子都不一样。我认了很久才学会了。可是我从来没有赢过。一次也没有。

“等你也到一百岁了，大概就能下赢我了。”

每次团长都这么安慰我。我点头，觉得他说得很有道理。

除了下棋以外，男的老人经常一起打纸牌，女的老人会一起垒麻雀牌。纸牌上和麻雀牌上都是数字和图案，我可以认出它们每一张，可是我不是很感兴趣。相对来说，我喜欢跳棋，因为跳棋的玻璃珠子很好玩。以前住在弄堂里的时候，邻居的小孩子经常玩弹珠子，我常常在一边看他们玩，可是从来没有和他们一起玩过弹珠子的游戏。

在院子里认识的所有朋友里，只有一个年龄比我小，有一天，我在院子里，看见护工推着一个轮椅上楼，院长拉着一个小模小样的小姑娘的手。

“你们认识一下。”她对小姑娘说，“他比你大，你叫他哥哥。”

“你好，”长得像很嫩的小青菜一样的小姑娘说，“我叫舒灵，我六岁了，你几岁？”

“十二。”我说。

我是十二岁时认识舒灵的。和我不一样的是，舒灵平时并不住在福利院里。她是陪她妈妈来这里的，她的妈妈就坐在轮椅上，刚搬进六楼的单人公寓间。她只是每天放学以后有空就过来陪妈妈，在一边写作业。院长下班的时候叫她一起回去。她住院长家里。

她妈妈住在六楼一个单独的房间。从来不说话，像是在想心事一样，但是又和瘫痪在床的老人不一样。舒灵每天都把上学时发生的事情告诉不说话的妈妈，今天学了什么课文，哪个老师讲课有趣，中午吃了什么，考试得了多少分什么的。有时也和我聊天。

“我住在院长婆婆家里。”她说，“你怎么住在这里？”

“因为妈妈不在了。”

“那原来的家呢？”

“在一个弄堂里，是厂里的房子，现在没有了，都被拆掉了。”

“这么说，你也没有爸爸？”

“我不知道。没印象，记不得了。”

“这样我们两个还真是挺像的。”舒灵呼了口气，说，“我们都没有爸爸。”

“是啊。”我说。

“你和我妈妈，是住在这个老人院里的唯一两个不是老人的老人。”舒灵说。

舒灵妈妈坐在一边的轮椅上，看着窗户外面，我不知道她是不是真的在看窗户外面，她的眼睛里就跟什么都没有一样，有时我会觉得她在微笑，特别是有女孩在的时候，可是多数情况下，她就跟不存在那里一样，像个忧伤的大理石像。我在画册上看见过的那种石像，颜色是洁白的，脸上表情就跟她一样。

接下来的几年时间里，几乎没有人来探望过她们。她的房间里通常只有护工和院长进去。

这天老人们午休的时候，我正在阳台上晒太阳，院长带一个男的上楼。

“在晒太阳？”院长说。

我点点头，问：“等会我可以吃点心吗？”

院长旁边的那个男的在看我。是个陌生的面孔。看上去他年龄当然要比我大很多，但是又远比这里的老人们年轻。院长年龄也比他大。

“我饭量很大。”我不好意思地小声解释说。

院长说点心不要吃太多了，不然晚上的糖醋小排就吃不下了，然后陪着客人上楼去了舒灵妈妈的房间。

小姑娘一连几天都没来福利院，直到周六才现身。一到周末，外面的人从打开的两道院门进到院子里。有些是自己开着轿车来的，有的是走路过来的。他们带来水果、蛋糕、毛巾和牙膏。有的老人在公共休息区的长椅上坐着，眼巴巴地等着有没有人来找自己。老太太和老先生们在自己的房间里和客人说话。她来我房间找我。

“哎呀，前段时间我感冒了，在医院吊盐水，”她揉着鼻子说，听起来有点瓮声瓮气的，“你也知道的，我每年冬天都要生病。你身体怎么样？”

“我经常晒太阳。”我说，“医生说这样对我的身体比较好。”

“你是应该经常晒太阳。你年龄都这么大了，而且皮肤也太白了。”她说，“对了，要看书吗？我这里有新书。不过字有点多，没关系吧？”

“没关系，有插图就可以，我可以只看图画。”

“那好吧，等一下。”

她拿起书包，很大的书包，简直能把她都装进去，从书包里拿出一本白色封面的本子。本子上是一个女孩的背影，看起来挺瘦的，就跟眼前的舒灵差不多。

“这本书的名字是什么什么不说话什么的，讲一个小孩是怎么长大，读书上学认识朋友之类的，你知道什么是上学吧？”

上学我知道的。我点点头。我还是上过两天学的。不过现在我认识的人都在这个福利院里。

“那好，给你看吧。”

我接过来。看书是我在福利院以后养成的习惯。当然不是看一般的那种都是字的故事书，而是那些带插画的书本。我根据那些画想象一本书里的故事，这就是我读书的方式。用这个办法，我读了很多这样的书。

舒灵要去陪她妈妈了。我看了看窗外，于是抱着书下到一楼。下午已经过去了挺长一段时间，还没到吃晚饭的时候，阳光还挺好的。医生说我要多晒太阳，所以我坐到喷水池边的椅子上。这个时间院子里正好没有人，只有我、地上的麻雀，还有喷水池里懒得游泳的鲤鱼，连大门口的门卫都不知道晃去了哪里。

我翻开书，从书里的第一幅画开始看起，一边习惯性地用手指在书上画线条。看了没多一会儿，感觉光线变暗了。我困惑地抬起头，看见有人站在我右边几米远的地方，正好遮住了太阳。

是个穿白裙的女孩。她抬手挡在额头上往楼上看。我坐在她的影子里。

女孩把手放下来，脸转向我的方向。

“这里是福利院？”她问。

我往旁边看了看，院子里只有我和她。她应该是在和我说话。

“是的，这里是福利院。”我低头看自己的鞋子，“你找人吗？”

她没有回答。

“你在这里干什么？”她说。

我不认识她。她以前应该没来过这里。这里住的都是老年人。有的老太太虽然也会穿长裙，可是不会在春天里就穿一条白色的短裙，还穿很长的黑色长袜。她站在那里，双腿显得又细又直，我想起画画的铅笔，那种崭新的、长长的、很好看的铅笔。

“我在看书。”我说。

女孩过来看了看。我低头看这页的插画，一张年轻女孩的面孔。

“哦，你在看绘本。”她说，“你干吗待在这里看书？”

“我住在这里。”

“你住在这里？”

她好像很意外。

“我住三楼。三楼右边最里面一间就是……”

女孩蹲下来，从地上捡起来一张纸牌，是这里的住院证。我摸摸自己上衣口袋，里面的牌子不见了。

“这是你的？”

她念住院证上的名字和房间号。

“是我的。”我说。

“可是等一下，这上面说你的年龄是……六十一岁？你看起来不像呀。”

“……好像是打印的时候打错了。”

“那么你到底多大了？”

我想了一下去年自己的年龄，在那个年龄上加上数字1。9 + 6 + 1。我现在的年龄。

“十六岁……大概是。”我说。

“十六岁？那你怎么住在这里？这里不是养老院吗？……等一下，你是不是就是那个……”

她忽然停下来看着我，不说话了。我不好意思吭声。

过了会儿，她把住院证还给我。我接过来，仔细地把我的证件夹在绘本书里。

“再见，小孩。”她说。

我看着她的背影消失在福利院的大门外面。她叫我小孩，其实她也不过是个年轻的孩子。后来我知道了，她也是十六岁。我们一样大。

第四章

三个外婆

傍晚时，我看见舒灵和那个来探访的男人一起下楼。那个男人推着舒灵妈妈的轮椅。小姑娘不时抬头和他说两句话，她看见我在院子里，冲我摆摆手。

“我们去公园。过会儿回来。”

我也向她摆摆手，继续读我的绘本。这本书每一页都有一幅插画，每幅画上都有一个年轻女孩的面孔在里面。有时她的眼睛弯起来，有时她闭着眼睛。有时她的头发飞在空中。我对年轻女孩知道得不多。我认识的女孩都已经年纪很大了。比如我的外婆们。当然舒灵年龄很小。她年龄小到好像永远不会变成外婆她们那样。

过了一会儿，我听见爱华外婆叫我的名字。

“吃晚饭啦。”她说。

现在是四点半，晚饭时间到了，于是我去外婆房间和她一起吃饭。

她是自己住的，房间收拾得又简单又干净，每天都自己打扫，公寓向南的阳台上种了几盆花，有荷兰草、郁金香、雪里红和海棠。我的房间没有阳台，天气好的时候，我会把我的小仙人球放到外婆的阳台上晒太阳，到了晚上再抱回自己的房间。

如果没有什么别的安排，我们都在一起吃饭。护工把餐车推到房间门口，我去拿分好的饭菜。今天的晚餐是肉蒸蛋和鸭腿。爱华外婆吃了份蒸蛋，把两条鸭腿都给了我。晚上我会吃得比中午少一点，这样比较健康，不过也要两人份的才行。

“外婆，你今年多大了？”吃完鸭腿我问。

“八十七。”她说，“今年是我住进来第十年了。”

“那我也住进来八年了。”我说，“我在你后面两年住进来的。”

“是啊，刚认识你的时候，你还是个小不点。现在你长高了，不过还是挺瘦的。”

外婆看上去不是瘦的那种，至少不是我这样的。但也没到有的老人像不倒翁那种程度。我想了一下，觉得刚认识她的时候她就是这样的，我第一次见到她的时候，她的头发还不是全白的，不过后来她说那是她染的头发。忘记染了以后，头发就变成一半灰一半白的。我总觉得她长得有点像妈妈。特别是她看着我的时候，可是仔细想妈妈的样子，就有点糊涂起来。我不擅长回忆，也许是因为太笨了。

“你以前是什么样的，外婆？”

“以前？什么以前？”

“你还没住进来的时候……我是说年轻的时候，”我说，“你以前也是小姑娘吗？”

“这个当然，我老早也曾经是个小姑娘。头上扎两个辫子。”老人用左手和右手食指竖在头两边，“我在乡下头长大的，那个辰光日本鬼子打到上海来了，我和姐姐两个人坐大木盆躲在池塘里，一边采菱角吃。我们两个人坐一个木盆，够小的吧。”

“那你怎么会变成现在这样的？”我问，“你原来那么小，可是现在变成我外婆了。”

“因为年纪变大了嘛。年龄是一年年粘到身上来的，湿手甩面粉就再也甩不掉了。”外婆说，“直到有天早上，我醒过来，发觉自己就变成了现在这样，成了人家的外婆了。”

我想了想，点点头。

“是不是很不情愿？”

“没有不情愿。这跟情不情愿没关系，又不是去饭店点菜。”

她停下筷子看我，脸上看不出是什么表情。我觉得她好像笑了。

“我觉得年纪大了以后挺开心的，就是脑子有时候不太好使了。吃完饭你要看电视吗，新一？”

“我和你一起看新闻。”我说，“还有，外婆，我不是新一。”

“我忘了，”外婆抱歉地用左手手掌拍拍头，“对的，你不是新一，你是我的外孙。”

外婆变糊涂是在我入院第二年发生的事情。那年春节她生了场病，病好了以后头脑就没有以前那么好使了。她记不住要紧的事情，却又对年轻时发生的事情记得很清楚。院长说外婆得了老年痴呆。她虽然出去就记不得回来的路，但是平时生活还是都能自理的。

她经常会叫我新一。新一是她的儿子，新中国第一年出生的，所以叫新一。他已经死了很久了。外婆是在他死了以后才住进福利院的。

除了记不清事情，偶尔叫错我的名字以外，爱华外婆还是那个爱华外婆。

吃完晚饭，外婆戴上老花镜看电视新闻。我陪着她。我们发现今天电视新闻换了个新的播音员，然后新闻里说，过去的那个叫罗京的主持人生病去世了。外婆摘下眼镜，嘀咕了一句“怎么这么年轻就死了”。我听见她叹了口气。

新闻后是天气预报，年纪大的人都很关心天气，明天是个可以晒被子的晴天。天气预报后有个还珠格格的电视剧。我看不太懂这个节目，可能是电视剧里的人表情太多了，辨认起来很费劲。相比起来，“新闻联播”的播音员脸上一般都没有表情变化，所以我更习惯他们。我最喜欢一个绘本画家也是同样的道理，因为那个画家画的人物脸上都没有表情，可是却能画出他们的心情。

我跟外婆说我回去睡觉了。我回到自己的房间，接着看那本绘本。绘本上一个小女孩跟着一个戴帽子的先生去世界各地旅行。看着看着，画面上年轻女孩的脸都变成了外婆这样的面孔。

跟仙人球说晚安后，我睡觉了。

正像天气预报说的那样，第二天是个晴天。早上做完关节操后，我帮护工给老人们晒被子，被子晒了以后有股太阳的味道。整个上午唱歌小组的老年人都在唱歌。我的三外婆是小组的指导老师，会弹钢琴，负责给那些唱歌的老人们伴奏。他们唱了一会儿《茉莉花》，然后又唱《北京欢迎你》。我坐在三外婆身边的椅子上看她弹琴，一边听老人唱歌。

三外婆是个长得很好看的老太太，银白色的头发是卷着的，有时还会搽口红。每天的衣服都像刚买来一样全新笔挺的。她小时候读的是教会学校，听说那个学校里都是女生，就跟养老院里都是老人一样。她在那个学校里读到中学毕业，学会了弹钢琴、跳舞和做礼拜。现在她还不到八十岁，精神一直很好。院里的老人们都很喜欢她，不过她一般不和其他老先生说话，除了百岁团长之外。可能团长把她当成小妹妹看待，叫她“淑贞妹子”。

她喜欢给我买衣服。刚住进来的时候，我身上穿的都是义工和其他老人捐助的衣服。有一天她教我弹琴时看了我半天，我看见她的眉头皱了起来，好像在奇怪我穿的是什么。现在我身上穿的套头衫和牛仔裤都是她选的，从镜子里看，我和福利院外面的小孩子确实没什么差别。每年过年的时候同院的老人们都会给我买新衣服。

可是我始终没能学会弹钢琴。那些黑白琴键仿佛是一个一个无穷尽的秘密，我的手指永远会在上面迷路。我想我实在是太笨了。我学不会弹琴，三外婆没有生气，只是摇摇头，然后自顾自弹了首曲子。

中午过后，有些老人要午休，就把被子收了进来。帮外婆收完被子，我想去帮团长，结果团长大手一挥，“不用不用，你等会儿陪我下棋就行了”，就把我轰出了房间。

我在走廊上看见那个新来的老头子。来福利院以后，他一直耷拉着脑袋，周末义工来院里帮忙时，只要和他说话他就开始哭，一边嘴里说着谁也听不懂的上海乡下话，弄得人家都很不好意思。大家都叫他“老可怜”。

我看老可怜佝偻着背，一个人坐在长凳上，像个没有妈妈的小孩似的。我走过去，问他被子收了没有。

结果他抬起头，嘴里咕噜着什么，浑浊的眼睛里都是眼泪，就这么哭了起来。仔细听了半天，只能听懂他不断地念叨股票什么的。

想起自己生病的时候，妈妈会摸摸我的头，那样我感觉会好很多，于是抬起手抚摸他的脑袋，老可怜头发已经掉得没剩几根，一年到头都戴着一顶蓝色的毛线帽。他还是哭个不停。我有点不知所措，这时，听见团长用劲敲床板。

“哭什么！进来困中觉！”

老可怜马上停止哭鼻子，佝偻着背乖乖挪回房间了，虽然肩膀还是一抽一抽的。

我吁了口气，趴在走廊的栏杆上往下看，看见院子里只剩下我自己的一床被子了。

我下到一楼，来到院子里，从晾衣绳上解下被子。两条晾衣的绳子系在两棵邻近的槐树上，打的结有点松了，绳子都荡了下来，另一边在晒的护工服都快掉到地上。我抱着被子看了半天，思索怎么解决这个问题。

“你在干什么呢？”

背后忽然有个声音问。

我转回头，看见了一个年轻女孩，好像在哪里见过。想了一会儿，想起来应该是昨天。因为今天她换了条红色和黑色组成的方格裙，所以我差点没认出来。我毕竟只有表情识别障碍，没有老年痴呆。

她坐在昨天我坐的长椅上。边上放着个书包。

认出她以后，我觉得有点拘谨，不好意思再看她，于是低头看地面上我的影子。

“我在收被子。”我说。

“看得出来。”她说，“还认得我吗？”

我不知道应该点头还是摇头，别扭地站在那里，抱着坨晒好的被子。

“你过来，坐这边好了。”

她把书包挪到身体另一边。我犹豫了一下，顺从地走过去，抱着被子坐下。

“昨天我们见过面的，”她说，“你是不是面孔盲？”

“面孔盲是什么？”我问。

“就是脸盲症，明明见过面，却记不得别人长什么样了。”她说。

“我好像没有这种病。”我想了想，解释说，“不过我有表情识别障碍症。”

“那是什么？”

“看不懂别人脸上的表情。医生这么说的。”

“看不懂表情？”她重复了一遍，“就是不管什么表情都看不懂？不管是开心，难过，痛苦，还是嘲笑？”

我想说我大致知道微笑是什么样的，但是又觉得这并不值得一说，默默点了点头。

“那你看得出我现在是什么表情吗？”女孩说。

我抬起头，看着她的面孔。其实不用看我也明白，我能看清她脸上的每个细节，刘海儿的发丝散在眉毛上沿，睫毛一动一动的，年轻的眼睛，唇角天然有点向内勾，但我就是看不懂她的表情。可是，她的面孔让我想起那些绘本里的女孩子。她长得和那些画页里的女孩很像。特别是眼睛，好像能从眼睛里读到夜晚的梦。那些欢乐、安静和伤感的梦。

她也在看我的眼睛. 我错开目光。

“认不出来。”我说。我确实什么都看不出来。

“其实我觉得看不懂别人的表情不是什么坏事，也许这样反而会更快乐一点。看不见表情的话，也就没有失落、沮丧、痛苦、悲伤什么的了，就不用活在别人的脸色里了。去他的脸色和大家的目光吧。”她像是在自言自语，“一个人只要自己开心就好了，对吧？”

我不知道怎么回答。

“你看不懂表情，不是现在也生活得挺开心的嘛！”

“我习惯了。”我说，“其实我很想能够认得出的，这样我就能知道别人是难过还是快乐。”

“知道了又怎么样？”她冷不丁地问。

“不知道。”我低头，“我不知道认出表情会怎么样。”

两个人沉默了一会儿。两只褐色的麻雀飞下来，在地上蹦跶了两下，又飞回了灌木丛。

“你喜欢看绘本是吗？”女孩问。

“我喜欢看的。”

她拿起书包搁在腿上，拉开拉链，从里面拿出一本东西。

“给你，你看看读过没有。”

我接过来，看见封面上画着一只猫，以前没看过。

“我没看过。”

“我也喜欢绘本的，家里有很多，”她说，“这本是给你看的。”

“谢谢你。”我说。

“不用谢。”她拉上书包拉链，说，“这是活了一百万次的猫。希望你喜欢这个故事。”

她的书包是白色的，上面有很多粉红色花朵的图案。

“你是来这里找人的吗？”我忽然想起来，说，“你是舒灵的同学吗？”

“舒灵？那是谁？”她的眉毛轻轻皱了一下。

“我的一个朋友……她妈妈住在这里。”

“不认识。”

“那你怎么会来这里？”

“我……迷路了进来的。有时候我会犯点小迷糊。”她说，“你不是收被子吗？现在太阳都没了。”

“那我先拿被子回去。”

“去吧。”

我抱起被子。走到三楼走廊的阳台上，看见女孩坐在那儿，仰起面孔看着天空，像一只等待飞起的小鸟。我把被子放回房间，在床上铺好。再下到一楼，回到院子里时，长椅上已经没有人了，只有一本书搁在那里。

第五章

活了一百万次的猫

十五号是和二外婆一起吃饭的日子。中午吃了炒素、豆腐、馒头和粥。二外婆姓施，是信佛的，一年到头都吃素。院长说她是在家修行的居士。我一直很担心二外婆会让我和她一起吃斋，每天只能吃蔬菜和水果，还好她只是每个月的初一和十五叫我一起。

她是三个外婆里最瘦的一个，恐怕也是福利院的老太太里最轻的一个了，所以在刮风的天气里，我会担心她散步时被风吹到别的地方去。

今天天气不是很好。可是天气预报明明说今天是个好天气的。在二外婆那里吃完中饭不久，阳光就看不见了。二外婆说要念会儿经。以前她试过教我一起念。她的房间一直有焚香的香味，闻着烟气，我念着念着经就会睡着。比起念经，我倒是更喜欢这股檀香味。

我拿着书和两个苹果坐到院子里，看着护工阿姨把晒在院子里的衣服都收了进去。

"要帮忙吗？"

"勿用啦，已经收好了，"她说，"晚上大概要下雨了。"

我望了望天空，决定等到下雨了就回屋去。白天屋子里有点暗，我还是习惯在外面看书。

“嗨。”

和前两天差不多的时间。我抬起头，看见那个女孩手插在衣服兜里，今天她又换了白裙子，很长的黑袜子，鞋也是白色的。我差点又没认出来。

“你好。”我说。

“这本书看得懂吗？”她问。

“关于猫的故事是吗？”我抬起手上的书。

“活了一百万次的猫。”

“画我是看得懂的……可是上面的字我不是很懂。”

“为什么？”

“……我不认字。”我小声解释。

她低头看我。

“一个字都不认识？是因为没上过学吗？”

“是因为认不了字所以没法去学校上课……据说这是一种阅读上的问题，在头脑里面。”

“……是不是阅读障碍症？”

我点了点头，医生是这么说的。

“你也知道这种病吗？”

“听说的。有的小孩子读书成绩不好就是因为这个。”

“……我是因为没有一般人那么聪明，所以才会有这个问题的吧。”

“不，我想这跟头脑没关系……”她停了一会儿，“那你不能上学的话，平时是怎么学东西的……”

“……这里有几个老人以前都是老师，他们也会教我一些东西。”我说，“我也喜欢听故事。有时自己看书，还有就是看电视。”

“确实，学校里也教不了什么，学校里教的东西只能用来考试。”

她好像轻轻叹了口气，我抬头看了看她的脸，看不懂她是什么表情。

“你要吃水果吗？我这里有苹果。”我拿起一个苹果，“谢谢你带书给我看。”

她左手从兜里伸出来，接过苹果。

“旁边就是公园是吗？”

“是啊，我们旁边就是公园的4号门。”

“你对这个公园很熟吗？”

“我们每天都会去那里散步。”我说，“那里有个很大的湖……”

“我有好久没去逛过公园了，”她说，“今天没什么太阳，我们去公园里走走吧，你是可以去福利院外面的吧？”

“出去要院长批准的，不过去公园不用，只要和门卫伯伯说一下就行了。”

“那好，我们去吧。”她说，“没有规定不准和陌生人出去公园吧？”

“你不是陌生人。”我说，“我们已经认识了。”

到院门口，我和门卫说了我们去隔壁的公园，他在登记簿上记了下来。出了福利院的大门，往最右边走上十步就是公园的4号大门。公园和福利院的对面是一所大学，我对大学知道得不多。只是听有的老人说起过，自己的孙子或者外孙正在上大学什么的。院里有个老人的女儿就在对面的大学当老师。

大学对我来说就和动物园一样，你能看见笼子里面的动物，可是你永远都进不到笼子里去。因为你既不是动物，也不是饲养员。

今天不是周末，公园的门口连卖气球的小贩都没有来。我们从入口的林荫道进去，隔着右边一排银杏树可以看见福利院的楼房。楼房后面有个小花园，花园有个门是可以直接进公园的，不过平时这个门都锁着。

走出银杏树的通道就到了湖泊的水道。水道边停了一排天鹅船。船头是天鹅的头，白色的船身支着船舱。从福利院的窗户看这边，就好像很多只白色的天鹅在湖边游来游去。湖边的露天茶座插着许多各种颜色的纸风车，有浅绿色的、红白相间的，还有荷花的粉白色。风一吹过，那些风车的叶片就纷纷旋转了起来。女孩的头发也飞了起来，像黑色的翅膀一样。

“你也不上学吗？”我问，“现在学校还没放学吧？”

“我上不上学关你什么事。”她说。

我呆了呆，继续走路。

“我觉得上学是件很……遥远的事。”我说，“我只上过几天小学，还是在很久以前。”

“学校本来就不是为了你这样的小孩开的。”

“我也觉得，学校是为了那些聪明的小孩开的。我不是聪明的小孩。”

走过了两座小拱桥。拱桥下停着一艘漆成蓝色的铁皮船。我一直不明白铁皮船为什么不会沉下去，明明只有木头才能浮在水面上。

“这几天我都在放假。”她说，“所以才出来走一下的。平时我也不太高兴出来散步什么的，没时间，功课太多了。”

“上学不是有寒暑假的吗？”

“假期有时也要补课，不补课，我就想出去玩。不想宅在家里。”

“你去过很多地方吗？”

“我妈妈是当老师的。假期会带我去玩。和父母一起旅游……总觉得不像是真正的旅行。”

我没有和父母一起旅游过。我沉默了一会儿。事实上，我没有去任何地方旅游的经历。

她把苹果在手上抛了抛，转头看我。

“刚才你坐在院子里，还带着两个苹果。你是在等我吗？”

我犹豫了一下，点头。

“如果等不到怎么办？如果我不来呢？”

“我不知道。”我想了一下，说，“不知道，可能继续等吧。反正我没什么事。”

这时我们走到了湖中心的小岛上。有两个游客在岛上的雕像旁拍照。雕像共有六座，男孩女孩，成年男女，老年男女，都是真人大小。等他们拍完照，我们坐到雕像后的岸边，开始吃苹果。我都吃了一半，她才拿起来咬了一小口。

“你觉得不好吃吗？”我问。

“挺甜的，不过我不是非常爱吃水果，又不是猴子。”她说，“就像活了一百万次的猫，你见过猫爱吃水果吗？”

我摇摇头，表示没见过。我只知道猫是吃猫粮的。院子里经常有野猫过来，几个爱猫的老人会喂它们。

“那你爱吃什么？”

“当然是肉啦，各种肉。”她说，“有肉吃才像是人过的日子。”

“我也爱吃肉。”

我真心实意地回答。这么一说，我想起来今天和二外婆吃素，肚子马上就觉得饿了。等她吃完苹果，我让她等我一下，站起来把苹果核丢进附近的果壳箱里。回头的时候，看她托腮望着远处。

“忽然觉得这样挺舒服的，什么都不用想。”她说，“就跟能一直活下去一样。”

我在她身边坐下来。我们一起望了很久的湖面。

“好了，把书翻开来吧，我从头给你讲这个故事，关于一只活了一百万次的猫。”

她开始给我讲第一个故事。活了一百万次的猫。

有一只活了一百万次的猫，它死过一百万次，也活过一百万次。它是一只有老虎斑纹，很气派的猫。有一百万个人疼爱过这只猫，也有一百万个人在这只猫死的时候，为它哭泣，但是，这只猫却从未掉过一滴眼泪。

有一次，猫是国王养的猫，它很讨厌国王。国王很会打仗，一年到头都在打仗，他把猫放进一个特制的篮子里。带着它一起上战场。有一天，猫被飞来的乱箭射死了，国王在激烈的战场中，抱着猫痛哭。国王无心打仗了，他回到城堡，把猫埋在城堡的花园中。

有一次，猫是水手养的猫。它很讨厌大海。水手带着猫，游遍世界的大海和港口。有一天，猫从船上掉到水里，猫不会游泳，水手赶紧用网子把它捞起来，可是，猫已经成了“落汤猫”淹死了。水手把像条湿布的猫抱在怀里，放声大哭。后来，他把猫埋在遥远港都的公园里。

有一次，猫是马戏团魔术师养的猫，它很讨厌马戏团。魔术师每天都把猫放进箱子里，然后拿锯子把箱子锯成两半。当他把毫发无伤的猫从箱子里取出来的时候，观众都高兴得拍手叫好。有一天，魔术师一不小心，真的把猫切成了两半。魔术师的两只手各拎着半只的猫，放声大哭。没有人拍手叫好了。魔术师把猫埋在马戏团小屋的后面。

有一次，猫是小偷养的猫，它很讨厌小偷。小偷总是带着猫在黑暗的街道上，像猫一样轻手轻脚地走路，小偷只到养狗的人家去偷东西，趁着狗对猫汪汪叫的时候去撬开金库。有一天，猫被狗咬死了，小偷把猫和偷来的钻石，统统抱在怀里，在黑暗的街道上一边走一边放声大哭，回到家以后，他把猫埋在小小的院子里。

有一次，猫是孤独老婆婆养的猫，它最讨厌老婆婆了。老婆婆整天抱着猫，坐在小小的窗边往外看，猫整天躺在老婆婆的腿上，不是睡觉，就是打盹，终于，猫年纪大了，死了。皱巴巴的老婆婆把皱巴巴的老猫抱在怀里，哭了一整天，老婆婆把猫埋在院子里的一棵老树下。

有一次，猫是小女孩养的猫，它最讨厌小女孩了，小女孩不是背着猫，就是紧紧地抱着猫睡觉，哭的时候，就在猫背上擦眼泪。有一天，小女孩背着猫，不小心，背带缠住了猫的脖子，把猫勒死了。小女孩抱着软绵绵的猫，哭了一整天，最后，她把猫埋在庭院里的一棵树下。但是，猫对死一点也不在乎。

有一次，猫不是任何人养的猫了，它是一只野猫，猫第一次成了自己的主人，猫最喜欢自己了。本来它就是一只有漂亮虎斑的猫，现在当然更成了一只非常气派的野猫。

所有的猫小姐，都想嫁给这只猫，有的送大鱼，有的送上等鼠肉，有的给它珍贵的礼物，有的为它舔毛，猫只是说："我可是死过一百万次的哦！谁也比不上我。"猫最喜欢的还是自己。

只有一只美丽的白猫，看都不看这只猫一眼，猫走到白猫身边，说："我，可是死过一百万次的哦！"白猫只是"是吗"地应了一声。猫有点生气，因为，它是那么地喜欢自己。第二天，第三天，猫都走到白猫那儿说："你连一次都还没活完，对不对？"白猫也还是"是吗"地应了一声。

有一次，猫走到白猫面前，骨碌骨碌地在空中连翻了三个跟头，说："我曾经是马戏团的猫哦！"白猫仍然只是"是吗"地应了一声，"我可是活了一百万次……"猫说到一半，改口问白猫：“我可以待在你身边吗？”白猫说：“好吧。”猫从此就一直待在白猫的身边了。

白猫生下了许多可爱的小猫，猫再也不说“我可是活过一百万次……”的话了。猫喜欢白猫和小猫们，已经胜过喜欢自己了。

终于，小猫们长大了，一只只地离开了它们，“这些孩子们也都变成非常气派的野猫了！”猫很满足地说。“是啊！”白猫从喉咙里发出轻柔的咕噜声，白猫越来越像老太婆了，而猫也变得更加温柔了，它也从喉咙里发出轻柔的咕噜声，它希望能和白猫永远永远地生活在一起。

有一天，白猫躺在猫的身边，安安静静地，一动不动了，猫第一次哭了，从早上哭到晚上，又从晚上哭到早上，整整哭了一百万次，一天又一天过去了，有一天中午，猫停止哭泣了，它躺在白猫的身边，安安静静地，一动不动了。

“猫再也没有活过来了。”她说。

书很薄，只有十六页。我慢慢合起最后一页，合上硬壳封面。那只悲伤哭泣的猫留在了书里。女孩和我两个人有一会儿没说话。

“你喜欢这个故事吗？”女孩问。

我点点头。

“是不是觉得挺难过的？”

我摇摇头。

“我觉得那只猫最后很幸福，虽然它死了。”

“为什么？”

“就算它活了一百万次，都比不上最后死掉的那一次。”

“可是最后它还是死了，不是吗？”

“是的。”我说。

“同样的故事，每个人听了以后感觉也会不一样。我就觉得挺难过的。”

“我喜欢听故事的。”我说，“虽然有很多的故事我听不懂。很多东西我都是从故事里学来的。”

“这个听懂了是吧。”

“这个听懂了。”

“那好，下次我再给你说其他的。”她说，“不过，你真的看不懂任何表情吗？”

“我知道微笑的样子。”我说，“我知道你现在就在微笑。另外看见眼泪我也知道是对方在哭的样子。可是其他的看不出来，只能靠别的感觉。”

“靠别的感觉？什么感觉？”

我犹豫了一下，吸了吸鼻子。

“靠闻的。”

“怎么闻？”

“就跟闻见食堂炒菜一样，”我说，“生气的时候有辣椒的感觉，快乐的时候是种甜味，难过是苦的……但其实很多时候是很多气味混在一起的。我就分不出来了。”

“还真像小狗啊。”她说，“你现在闻见了什么？”

我闻了闻。

“你身上有一股医院的味道。真奇怪。”

湖面上的风渐渐大了起来。她缩了缩腿，好像有点冷了。

“我们回去吗？”我问。

“嗯，回去吧。”

她站起来，伸了个懒腰。

我们沿着来时的路，离开公园。回到福利院楼下的时候，我看见外婆在三楼走廊那里，一边叫我，“新一，你去哪里了？”

我向她招招手，意思是我回来了。

“你叫新一？”女孩问，“名侦探柯南里的新一？”

“柯南？我不认识他。”我摇摇头，“新一是新中国第一年的意思，是爱华外婆儿子的名字。她经常把我当成是她儿子。我不叫新一。”

“那你叫什么？”

“我叫……”我努力地想告诉她我的名字。不过我的名字自己也写不好。

“算了，还是我给你起个名字吧。”

“你给我起个名字？”我疑惑地问。

“刚才你坐在院子里等我的时候，就跟一条听话的大狗一样，那种金毛猎犬和拉布拉多导盲犬那样的大狗。而且你跟狗一样靠鼻子来闻别人的心情。不如我就叫你狗狗吧。”

我看见她嘴角往上翘了起来。她在微笑。

“你叫什么名字？”我问。

“你管我叫什么，不想告诉你。”

“……”

“好了好了，不欺负你了。”

她想了想，随口“喵”了一声。

“喵？”我问，“小喵？”

“嗯，就叫这个，随便吧。”

我看了看手上的绘本，封面上的那只虎斑猫。

“那……这本书，可以先留给我吗？我想给我的朋友看一看。”

“可以啊。看完了再给我好了。”

“明天你还过来吗？”

“明天的事情谁也不知道。没事的话我就来吧。”

她手插回衣服口袋里。

“再见，狗狗。”

“明天见。”我说。

第六章 我是中国孩子

但是第二天我没有见到她。第三天也没有。那种感觉，就好像一个人从来没有在福利院出现过一样，只有手上的这本绘本书在告诉我，我们曾经见过面。也许她就跟那些偶尔来福利院做义工的年轻人一样，有的人来了一两次以后，就再也不会出现。相对于福利院来说，外面的世界太大了。一个人去了外面的世界，很容易就再也不回来了。

我确实很喜欢她说的这个猫的故事，所以把这个故事也说给了舒灵听。她和我一样喜欢那只虎斑猫，也喜欢那只白猫，喜欢猫的一家。

“我们都没有真正的家。”她说，“我们只有家人。”

舒灵的妈妈坐在轮椅上，没有加入我们的谈话。她看着窗户外面。天有点冷，窗户只开了一条缝，阳光透过缝隙照在她膝盖上，像条金黄色的鲤鱼。今天那个一直来看舒灵妈妈的男的还没过来。

“我想他大概是妈妈以前的朋友吧。”舒灵说，“小时候一起长大的那种。”

“谁？”

“那个大叔呗。”

“哦，你以前也没见过他？”

“没有。我不认识他。”小姑娘说，“我觉得他不是坏人，至少对我挺好的，这几天还讲了很多妈妈小时候的事给我听。”

“他是医生吗？”我问。有时候我看见他拿着很厚的一沓纸在上面写个不停，就跟医生在病历卡上写诊断书似的。

“他不是医生。”舒灵摇了摇手指，“他是写书的，是个作家。所以才每天写东西。”

我茫然，不是很清楚什么是作家。

“他还送了本他写的书。”

舒灵从包里拿出一本茄子颜色封面的书。我谨慎地翻了翻，失望地发现里面满页都是字。同时又觉得有点敬畏，居然写了这么多字，都成了一本书了。

“书上写的是什么？”我问。

“是一个故事。”舒灵说，“我正在看，有些地方还看不太懂。看完了我告诉你。”

我点点头，表示认可这个作家大叔，虽然还不知道他写的是什么。我把这个作家大叔当成了福利院里的自己人，并不完全因为他请我吃了两次冰淇淋。

有的时候，我能在他眼睛里发现那些孤单的老人一样的东西，在他写东西偶尔抬头，或者是看着舒灵和她妈妈的背影时。

我想，也许他只是外表看起来年轻一些，其实他的内心早就是个很老的人了。

多数上了年纪的老人眼神都不太好使，所以初看起来好像在犯迷糊似的。但也有一些老人的眼睛还是明亮的，好像他们还对这个世界充满着旺盛的好奇心，尽管他们自己说自己老得只剩下心跳了。

这周又到了检查身体的时间。福利院有自己的医生，但是因为我从出生起心脏就有问题，所以必须定期去医院复查。有时医生会开玩笑说我长了一颗容易破碎的心，就跟玻璃做的一样，说不定什么时候就会砰地一下碎掉。

我有点难过，并不是因为医生这个玩笑。我又笨，又不认字，又看不懂别人表情，残缺不全的心脏还随时会碎掉。我觉得自己很对不起妈妈。

去医生那里例行每个月一次的检查时，我遇到过一个智障的女孩。我不知道到底怎么样才是美的，可是我知道她是属于美丽的那一种，就算她鼻子下面整天挂着亮晶晶的鼻涕。

因为我能读懂她的眼睛。她的眼睛是透明的，什么都可以看见，什么都没有藏起来，比小孩子还要小孩子。当她难过的时候，她就是在难过。她快乐的时候，她就是在快乐。

她也穿了条白裙子。年龄好像也和我差不多。

她也在看我。过了会儿，怯怯地问，“要吃糖吗？”

“糖？”

“很甜的糖。”她轻声说，“……刚才医生给我的。给你。”

她伸出手，手心里躺着一颗糖。

我接过了糖，她对我微微一笑，鼻子下面挂着清亮的鼻涕，像一种可爱的吊饰。

一个男的走过来。

“哥，哥哥……”她叫那个男的，“医生说可以走了吗？”

哥哥很轻地叹了口气，摸了摸她的脑袋。

“没事了，我们可以回家了。”

走的时候，她回过头，有礼貌地向我挥挥手。

“再见。”她说。

“再见。”我说。

我发了会儿呆，为一些事伤感，不知道为什么。我想我和她是同样的人。

那颗糖我始终没有吃掉。我想还给她。可是后来我再也没有遇见过这个流鼻涕的可爱女孩。

和每一次一样，医生先检查了我的心脏。心脏好像是医院寄养在我这里的小动物，他们每隔一段时间就要看看它过得怎么样。

“你的心脏很脆弱。”他说，“随时可能停止它的工作，它能挺到现在已经是个奇迹了。你现在还住在养老院？”

“我现在还住在福利院。”

“可能这是你能健康活到现在的原因。那里的生活不会给心脏造成太大负担。”医生说，“可是就算是这样，也不知道它还能支持多久，希望它能一直保持下去。”

我把手放在心脏的位置，感觉那里跳动得很轻，跟个小老鼠一样。

“我连心脏也和别的小孩不一样。”我说。

“你是个很有趣的小孩。”医生说，“你只是在有些地方和别的小孩不一样。”

“我不会认字和写字。”

“不会写字只是其中一种情况。”他说，“我们拿一百分的试卷来打比方。如果聪明是一张一百分的试卷，很少有人能拿到满分。能拿到九十分以上的都是天才。一般来说，聪明的人反应快，记忆力好，计算能力强。”

我听着医生对我说话，一边想小喵也许就是可以拿九十分以上的人吧，她要比我聪明得多。

“大多数人都在七八十分上下徘徊。大家都相差得不多。六十来分的已经是比较笨的人，反应迟钝，记性差，像这样的人在现实生活里会被七八十分的人笑话，尽管大家就相差个十来分。”

他说。

“不过六十分是个分界线，六十分以上的不管再怎么样，最后都能适应这个社会，作为一个普通人正常生活，工作，建立家庭。”

“六十分及格了。”我说。

“对，六十分及格了。”他敲了敲厚厚一沓病历卡，“六十分以下的都不及格。六十分以下不是说不能适应普通人的生活，但是会非常困难，非常困难。就跟跑步一样， 别人跑了一圈了，六十分以下的人才刚刚起步。生活就是跑步，跑得慢的话，就没法参加比赛。”

“慢的人可以和慢的人一起跑呀。”

医生点头，又摇了摇头。

“那就不是一个跑道了。”

我好像有点懂了。

“我没有及格……是吗？”我沉默了一会儿，忍不住小声问，“我差了多少分？”

医生的钢笔在纸上画了两条线，又画了一个圆圈把两条线圈了起来。

“你只差了两分。”他说，“只少了两分。”

“两分？”

“是最关键的两分，你有两个最重要的缺陷……对不起，不应该说是缺陷，应该说是和一般人不一样的地方。这两个表现出来的特征都和孤独症有关。我不知道是因为起初的孤独症引发了后来的障碍，还是这两个障碍导致了孤独症倾向。虽然你住在福利院，可以和人正常交流，但是你内心深处是关闭的。”

我听不懂医生的话，我努力地听。

“这两个障碍，第一个是你有阅读障碍症，认不了字。你无法把每个字和它们的具体意义对应起来，这个意义的桥梁对你来说是不存在的。中国的汉字是象形文字，是从原始的绘画，对东西比拟直接发展来的。从甲骨文开始算起，文字有超过五千年的历史。不管时间和历史怎么样地改变，汉字一直延续下来。我们是首屈一指的文字大国，知书达礼是我们的传统，全世界有超过十亿的人使用着汉字。”

“可是我不认识字。”我说，“不管是汉字还是别的。数学要好一点。”

“所以你没法像其他的小孩那样上学。而这只是第一个障碍。其实从生活角度来说，不识字的人也是可以正常生活的。可能生活得更加轻松愉快也说不定。但是第二个障碍更加特别一点。”

医生拿了张圆形的橘黄色卡片，圆形的上边是两个黑点，下面是一条两端翘起的弧线。

“这像什么？”他问。

“一个人的脸。”我说。

“是什么表情？”

“愉快，这是张笑脸。”

医生换了张卡片。弧线的两端向下。

“这个呢？”

“不开心的脸。”我说，“好像因为什么事情在悲伤。”

“是的，平面的基本表情你是能看懂的。”医生说，“现在你看我的脸，你能看出我是什么心情吗？”

我抬起头端详了他一会儿，我能看清他的面孔，甚至能看见他眼角的皱纹和眼白里的血丝。可是我看不懂他是什么表情。我摇了摇头。

“真实面孔上的表情你就看不懂了。这是你的第二个障碍。面部表情识别障碍。”

“我认得出微笑。”我辩解说。

“光认识微笑是不够的。”

医生喘了口长气。

“微笑只是表达快乐的一种方式。但是很多时候，微笑并不是因为心情愉快。如果说知书达礼是中华文明的传统，那么懂得察言观色更是中国文化的精髓。现实中，很多人是靠着看别人的脸色生活的。也就是说，我们的人际交往需要看懂每个人表情下面真正的表情。不是他脸上笑，就说明他在开心，我们说一个人世事洞明，人情练达，就是说明这个人很懂得看别人的脸色。看得懂别人的表情是一种非常高深的技能。不过你连最基本的表情都看不懂，更别说别的了。每个人都会把自己掩藏在一个面具下面。光看得懂微笑是无法在这个社会生活的。”

“我有五十八分。”我小声说。

“怎么了？”

“我觉得很沮丧，差一点就及格了。”

“没什么，你也就比一般人少了个两分。说不定以后会学会的呢，现在最主要的还是心脏的状况。”

我觉得医生是在安慰我。他停了一会儿。

“我正在写一篇关于你的文章，是从医学角度出发的专业性分析论文。”医生说，“由孤独症引发的阅读障碍和表情识别困难，但是和一般意义上的孤独症又有明显的区别，没有强迫和重复行为，也没有固执习惯，几乎具备完整的人际交流和口头表达能力，日常生活也能自理，可是又无法融入正常的社会生活。我把这个病例命名为‘中国孩子’，我认为这个病症的表现在全世界范围里也是绝无仅有的。到目前为止，我也只遇到了你这一例。”

他探过身子，摸了摸我的脑袋。

“不知道你明不明白我的意思，不明白也没关系。我们只是在聊天而已。”

“我明白。”我说，“你的意思是说，我是个中国孩子。”

医生在我的病历卡上写字，写完后递到我手上。我拿住自己的病历卡。

“是的，就是这个意思。”

我认不出愧疚感是怎样一种表情。我只是知道有这么一种感觉。因为我一直觉得很愧疚。我生下来就不够聪明，没法像别的孩子那样上学读书，而且还有其他的问题。我觉得是我拖累了妈妈，如果是个健康正常的孩子，也许她就会觉得开心得多，就不会生病去世了。

她生病的时候很瘦，当然她一直是很瘦的，但是她躺在病床上的时候瘦得像是一张纸。在她睡着的时候，我悄悄抱住这张纸，就这么一直抱着，不让这张纸飞走。我不知道她很快就要死了。如果我知道，我会一直抱着她，一直不松开。

我感觉妈妈醒了过来。

“怎么了？”

“妈妈，如果我是个正常的小孩，”我说，“如果我的心脏从出生起就是好用的，如果我很聪明，能够读书写字，去学校上学，而且也看得懂每个人脸上的表情。你是不是就不会待在医院里了？你是不是就不会生病了？”

过了会儿，妈妈摸了摸我的脑袋。

“你是我的儿子，我身上的一块肉。有时候我觉得要谢天谢地你是现在这个样子，而不是像其他的小孩。不管别人怎么看你，你都是个又聪明又懂事的孩子。现在，聪明的小孩，去给妈妈倒杯水喝吧，我嘴有点干了。”

我去茶水间给妈妈倒热水，捧着一茶缸热水回来，看见她在抹眼泪，声音很轻地在哭。她以为我没看见。可是我看见了。我在门口站了一会儿，等到茶缸里的水变凉了些才进去，把水递给她。

“你是个善良的小孩。”妈妈说。

妈妈从来没有提过爸爸的事。我想我没有爸爸。

第七章　作家大叔

周末以后都是阴天，然后一连两天都下雨。一到雨天，整个白天都没有事情做，既不能去公园散步，也不能在院子里晒太阳。三个外婆在房间里看电视剧，喝茶说话，团长下棋又总是输，老可怜在和另几个老人打麻雀牌，只有打牌时他的精神最好，不会见人就哭。

雨水把一切都罩了起来，仿佛一块半透明的布。雨滴的声音好像在按摩耳朵里面，一到下雨的夜晚，我就睡得很熟。早上醒来，我爬到楼顶观察雨降落的过程，成百上千滴雨水从我眼前坠下去，落在院子里，或者打在喷水池里。那些锦鲤好像躲了起来。雨停了一会儿，有人在离福利院很远的小区里吆喝“磨剪子，磨菜刀”。到了中午，雨又下了起来。

没有什么事情做，我拿出记事板，在上面随便画点东西。记事板本来是方便护士给老人们查房随手记录。电视里画家画画都会用到画板。我问院长可不可以给我一个记事板，她就给了我一个蓝色的。板子上面是个不锈钢的夹子，方便夹纸。画画的纸在办公室的复印机旁边可以找到，复印资料以后报废的。这些废纸没有复印资料的一面可以用来画画。

我在没人的时候才会偷偷画，只是觉得画画是件很有趣的事。有趣的地方在于，我也不知道自己会画些什么，线条好像自己能在画纸上生长成画面似的。

我低头画了半天。

“我在这里，没打扰你吧？”

我抬头，发现那个作家大叔坐在旁边，手里拿着一个本子，和我一样拿着笔。我是铅笔。他是墨水笔。

我们互相看了看对方手里拿的笔。

他放下本子，把墨水笔搁在打开的页面上。本子用了一半，页面上写了大概半面的字。作家大叔端起来一个马克杯。我注视着那个杯子上的图案，是只眼神忧伤的卡通狗。

“速溶咖啡，你要不要也来一杯？”作家大叔问。

“我不喝咖啡。”我说，“喝咖啡会睡不着觉。”

“以前喝过？”

“嗯，所以再也不敢喝了。而且有点苦。”

他咧开嘴，大概是笑的意思。

“你会画画？”

“不会。我自己画着玩的。”我说。

我没有觉得自己是在画画，我只是自己一个人在纸上玩。

“可以看看吗？”

我犹豫了一下，然后把手上的画板递给他。

“你在画动物？”

“是小猫。其实它是个女孩。”我说，“其实它是个会变成猫的女孩。”

“挺可爱的。”

他看了我正在画的一张，然后又往前翻以前画的。

“有人教过你吗？”

“有一个会用毛笔画画的爷爷。他教我用毛笔画画，可是我太笨了……没学会。我只会用彩色铅笔。”我说，“你看见墙上的瀑布了吗，那就是那个爷爷画的。大厅里还挂着好几幅。”

作家大叔抬头看那幅毛笔画。

“这个爷爷住在这里？”

“以前住在这里。”我说，“上一个冬天下雪的时候去世了。现在我不知道他去了哪里。”

我想起来教我画画的胡子老师。他光着头，但是胡子很长，一直连到了耳朵这里，垂到胸口。他比我晚一点进来的。每天都用毛笔画画，当了书法绘画小组的小组长。他给院里画了很多的壁画。院长让护工放在玻璃框里面。但是后来他的手开始发抖。手发抖就不能再画了，他说。他就不画了。不画画的第二年他就去世了。

“这些都是你画的？”

“我不会画，没学过。”我说，“我只是自己在玩。”

“没学过画画不怎么要紧。”他说，“我就认识一个没学过专业画画的女孩，又会写书又会画画，人很聪明。她画的插图非常可爱。”

“我不聪明。”我小声说。

“聪明不聪明都没关系，喜欢就可以了。”他说，“你的画和一般人的画不一样，非常特别。所以希望你能继续画下去。我喜欢你的画。”

“真的？”

“真的。”

作家大叔把画板还给我。我接过画板，还是觉得不太好意思，听到别人的夸奖，就跟收到一份很贵重的礼物一样，让我不知怎么办好。

“你是在本子上写书吗？”我问，“舒灵说你是个写书的作家。”

“现在我一般是在笔记本电脑上写书，刚才我是在本子上记些想法。”他说，“舒灵这个小丫头跟你是怎么说我的？”

“我不会出卖朋友，”我说，“……她说你是作家大叔。”

“……被人叫大叔还真是不习惯。”他好像很受打击的样子，摸了摸自己的头。

“不太好受吗？”

“其实我才三十岁多一点。”他说，“不过确实比你和舒灵的年龄加起来还要大。”

“写书很难是吗？要写那么多字。”我说，“虽然我不认字，没法看书上的那些故事。”

“就跟农民种地一样……每天弯腰在田里犁地播种插苗，是力气活。”

种地什么的我倒是能理解。福利院几乎每个老人小时候都种过地。大家以前都是农民。

“大叔……你为什么写书呢？”

他发了会儿呆。雨天人很容易发呆，我也经常发呆。

“我们思念的人，在我们想念的每一页空白里，在每一句想象的句子里，在每一个你将写下的单词里，在每一个故事里。”他轻声说。

“你说什么？”

“没什么。”作家大叔说，“舒灵说你喜欢听故事，我给你讲个故事吧。”

“好啊。”

“这是很久以前发生的，和写书有关的故事。”

从前有个年轻人，家里有很多的藏书。有一天他遇见了一名美丽的女孩，他们成为了好朋友。女孩很爱看书，他很喜欢她，想和她在一起。如果你每天都能给我看书的话，我就不会离开。女孩说。她每天看一本书，看了书房里的每一本书。青年不断地买来书籍，以为这样就能继续留住女孩。直到有一天，他发现女孩消失了。她变成了一本书，打开来一看，这本书里保存了以前她看过的每一个故事。他带着唯一的一本书开始旅行，在世界的每个地方流浪。于是，他最后成了一个写书的人。

“这样，他就成了一个作家。”他说。

“那他最后找到那个女孩了吗？”我问。

“我不知道。可能他还在找吧。”

“这是你书里写的故事吗？”

“这是我的一个好朋友对我说的故事。”他说，“她是个很会说故事的女孩。我过去一直听她说故事。”

作家大叔沉默了一会儿，端起杯子喝咖啡。我有点听明白这个故事了，又好像没有听明白。

“舒灵说，你是她妈妈以前的朋友。”

“是的，我们很小就认识了。”

我犹豫了一会儿，费劲地把头脑里的想法变成话说出来。

“那个好朋友是舒灵的妈妈吗？”

作家大叔没有说话。

“写书的人都喜欢说谎。”过了会儿，他说，“而我就是写书的人。”

“……”

“要吃点心吗，我带了几块蛋糕过来。”

“谢谢。我正好饿了。”我说，“我饭量很大。”

“知道。”他说。

我能感觉他笑了。

过了两天，我和作家大叔又在天台遇见了。他送给我一盒各种颜色都有的彩色铅笔，然后我继续胡乱画画，他在另一边写他的故事。

那个学猫叫的女孩还是没有出现。

第八章　朋友

两个星期过去了，我差不多都忘记了女孩来过这回事，天气好的早上和傍晚，我会陪着几个外婆去公园散步，绕着湖走一大圈。只是每天下午，我还是习惯坐在院子里的长椅上。有时是发呆，有时是看书。

这天我在拿着画板涂抹的时候，忽然听见身边什么东西叫了一声。

我抬起头。

女孩站在我面前，略微俯下身子。

“喵？”她说，“你在干什么呢？”

我愣了半天，忽然觉得手忙脚乱的。

“我……”

“你在画画？”

没等我把画藏起来，她就顺手把画板抢了过去。

“还会画画嘛，不错不错，挺好玩的。可是，你在画什么呢？”

“……这是一个小孩。他带着一本书去找他的妈妈。”

“还有？”

“他看不懂书上的字。”我说，“有一天，等他看懂的时候，他就能找到妈妈了。”

“这个，他妈妈是和他爸爸在一起吗？”

“……不，我不这样认为。”我说，“我不知道。”

她把画板还给我，眼睛弯了起来。

“好久没见啦，狗狗。”她说。

“可是，我不叫狗狗。”我说。

“你呆头呆脑的，眼神就跟小狗一样，哪点不像了？”她说，“还有，你的发音不对，应该都是第三声，来，学我的念，狗狗……”

“……”

“怎么，闹别扭在？”

“你好多天没来了。你的书还在我这里。”

“你不是要带给你朋友看吗？你朋友看过了没有？”

“还没有……”我说，“我的这个朋友不在福利院里。”

“你朋友不在福利院里？那你怎么不去找他？”

“那里有点远。我一个人去不认路。”我说，“但是我知道在什么地方。”

“你是想我带你去吗？”

“我不知道你会不会迷路。挺远的，要换两部公交车。”

“只是公交车而已，又不是轮船飞机。比老子我去上学麻烦不了多少。”她说，“……今天我正好有时间。”

坐车对我始终是个很麻烦的事情。除非坐过很多次，可以把沿路每一步景物都能记住，就跟我对公园的熟悉程度一样。我现在能够做到的，也只是自己去医院检查心脏。不过我几乎没有自己去过，以前是爱华外婆带我去，在她头脑变得比我还要糊涂以后，院长就让护工带我去医院了。

我很少有机会能轻松地坐在公共汽车上，汽车上都是陌生人，陌生面孔上陌生的表情，这些都让我觉得紧张。喵带我上车以后，我们坐在倒数第二排的位置，我紧紧抓住前排的扶手，眼睛一眨不眨地盯着椅背。

她拍了拍我的肩膀。

“这么紧张，平时不太出来吧。”

“我更喜欢走路。”我说，“坐车我会头晕。”

“你比宅男更宅啊。”她说，“有一天你会宅死的。”

“宅男是什么？”

“现在大多数男孩都和你一样不出来玩，都在家里待着，所以叫宅男。”

“他们为什么不出去？因为不认路吗？”

“因为和你一样笨。”小喵说，“就是笨的方式不太一样。总的来说，男孩是最笨的一种生物，比猴子还要低级。”

我默不作声。总体来说，我知道我是男孩。

“是不是不开心了？因为我吐槽你？”

“你没有吐我。”我说，“你也晕车吗？”

“不跟你说了，你什么都不懂。”

她嘴角往下一撇，自顾自掏出一个白色的耳塞，塞进耳朵里。

“你在听什么？”

“音乐。”

音乐我懂得不多，不过至少要比人类表情什么的更容易理解。我一边凝视她的侧脸一边发了会儿呆。思考她的表情是否属于生气的那一类，气氛上来说有点像。如果她是在生气，那么是因为什么原因呢？冥思苦想了一会儿，没有得出任何结论来。

有一段路，阳光一直照着她的半边面孔。她闭上眼睛，耳朵在阳光里发着光。她的耳朵一点不像是猫的耳朵，更像是一块透明的白玉或者水晶什么的，但要比那些石头更加好看。

“你别这么看着我……我都快被你看穿了。”她说。

我低头，继续看椅子背面。

过了好久，她拉了拉我的袖子。到站了。我听话地站起来下车。

一下车踩到地面，身体感觉就好了很多，至少不会觉得头晕。从车站穿过一条小路就到了我们要到的地方。小喵取下耳朵里的耳塞，挂在脖颈上，看了看大门。

“这就是你要来的地方？”她问。

我点头。

“你的朋友住在这里？”

我再点头。

从大楼的玻璃门进去，前台一个穿粉白色护士服的阿姨迎面看着我们。

“欢迎来到慈爱脑瘫儿童康复中心，请问你们是来探望谁的？”

“我来看毛毛。”

“你们是义工？”

“我们是他的……家属。”我说。

小喵登记了我们的名字以后，我们从康复中心的院子进去。前两天下雨，院子的塑胶地板还有点潮湿。现在是下午的日常活动时间，所有脑瘫儿童都在教室里。

说是教室，其实这里更像是活动室，就跟福利院的公共活动室差不多大，一个大房间，房间正中摆着一个很长的长桌子，就跟儿童桌的高度一样。房间里有十几个小孩，大多数孩子都坐在桌子边上，看书，玩玩具，做游戏。

有的小孩眼巴巴地看着我们进来，然后低头继续玩自己手里的东西。桌子上有积木、拼图板和几本画册。两个老师阿姨在陪桌边的小孩们。一个年龄和我差不多大的男孩咧着嘴，斜着眼睛看我，我知道他不是有意斜的，他只能这样斜着眼睛看人。他看了我一会儿，然后看我身后的女孩。

喵站在门口的地方，好像在犹豫该不该进到房间里。

“你别害怕。”我小声对她说，“他们都很听话，就是样子怪一点。”

“我没有害怕。”小喵说，“就是……不太习惯。”

然后她跟着进来了。那个斜眼的男孩一直看着她。

靠窗的墙壁那里有块白黑板。我看见我的朋友蹲在那块黑板下面，自己一个人在玩个小篮球。篮球瘪瘪的，看上去气都撒了一半。

“毛毛。”我叫他的名字。

我的朋友费劲地抬起乱蓬蓬的脑袋，看谁在叫他。他看东西不能转眼睛，只能转动脖子。他转动脖子看了整个房间，最后才看见我。

“毛毛，还认得我吗？”

他注视了我一会儿，眼睛亮了一下，用力点了点头。

小喵从桌边的男孩身边搬了两个凳子。我们坐到毛毛身边。他有点紧张，盯着我看，又盯着女孩看。

“我好久没来看你了，不是我不想来，是因为我不认路。”我说，“你知道，我不怎么聪明的。”

毛毛点点头，表示知道。

“笨……”他说。

“你爸爸妈妈今天来过了吗？”

“晚……晚上……”

“今天我朋友带我来的，她叫喵。就是喵喵叫的喵。”

我拿起手上的绘本，指着封面的虎斑猫，想想不对，又翻到后面的白猫那里。

“猫……”毛毛说，“毛毛……”

他盯着我手上的书，很有兴趣的样子。

“小喵，你可以再讲一遍故事吗？”我问。

“为什么是我？”她反问。

“因为你讲得比我好。”我说，“而且还会学猫叫。”

“那……好吧。”

那个大男孩斜过身子靠近我们，忽然拉了拉喵的长头发。她叫了一声。大男孩吓了一跳，松开手。

“别拉头发。”我赶紧拦在他们之间。

小喵安定下来，开始给毛毛小朋友讲故事。我则坐到大男孩旁边，和他讲道理，这是和团长学的，他说这是以德服人。

“你刚才拉头发是不对的。”我说，“男孩不能拉女孩头发。”

“为什么……不能？”他斜着眼睛，嘴角别扭地扭在一边。他比我要壮一点，不过坐着没我高。

“女孩不喜欢男孩拉头发。她没有准许你拉。”

“可是好玩。”他说，“我不是故意的。我力气挺大的。”

“我的饭量挺大的。”我也说，“你这样是欺负人。”

“我比他们大。”

“就算这样，也不能随便欺负别人。”

“那，那么，如果我聪明呢？”

“聪明就和力气一样，不是用来欺负人的。你觉得自己聪明就欺负别人，别人就会不喜欢你，就不愿意和你一起玩了。”

男孩费解地咧开嘴，眼睛瞪着桌面上的玩具。

“你愿意和我一起玩吗？”他说。

我点点头。他高兴起来，把桌子上的小模型车塞到我手里。

“给你。”

这时旁边有个大脑门的小女孩凑过来。

“那是我的车。”她说，“我爸爸给我买的车。我将来可以带男朋友去外滩兜风。”

“男朋友？”

“说不定哪个星期天就会过来。他比你们要高，要帅，在银行工作，数很多的钱。你去过外滩吗？”

“没去过。”我说，“我朋友说我是个宅男。”

我把模型轿车还给她。

几个小孩聚拢过来一起玩过家家一样的游戏。我在旁边看了一会儿，一只瘪气的篮球滚过来，撞在我脚上停止滚动。小喵在陪毛毛玩滚球游戏。有个老师举着勺子进来敲手里的碗，叫大家吃饭前挨个去洗手。

“你讲完故事了吗？”我拾起篮球，问。

“讲完啦。”小喵说，“他们要吃饭了，我们也回去吧。”

走之前，我握了握毛毛的手，拍拍他的背。

“我们走啦。”

“再……再……见。”毛毛吃力地说。

他找了半天，我以为他在找什么，结果是在找小喵。他握了握小喵的手，和她告别。

我们离开康复中心，往车站的方向走。

“狗狗，你刚才说你是他的家属？”

我点点头，又摇摇头。

“其实不是真的家属。”

“那是怎么回事？”

“他是福利院以前一个老太太的外孙，以前跟他父母来福利院看他外婆的时候认识的，玩着玩着就变成朋友了。你发现了吗，他脸上一直没有表情的。”我说，“就跟我一直看不懂表情一样。他的外婆把我当成自己的外孙，所以我就把他看成弟弟，所以是家属。”

“哦，你以前也来过这里？”

“他的外婆带我来的。”我说，“阿婆一年前去世了，所以我一直没能再过来。还好他还认识我。我又不能麻烦其他的外婆带我过来。”

“其他的外婆？你现在到底有几个外婆？”

我竖起右手，做了个3的手势。

“三个？”

“嗯，我有三个外婆，都对我非常非常好。”

“三个外婆？怎么跟动画片里的三只小猪一样？”她嘀咕说。

“下次我带你去看她们，你也会喜欢她们的。”

“再说吧。”她说，“我又不是没有外婆。”

“你刚才害怕吗？……刚才头发被拽的时候。”我问。

“我才不害怕呢。谁怕啊，就是吓了一跳。”

她嘴唇噘了起来。

“哦……我以为你会生气。”

“生气了又怎么样？”

“生气了你会不理人。”我老实说。

“是啊，可是又不能真的把你扔在这里，那样你这个路痴就回不去了。”

车来了。现在是下班时间，公交车上比来的时候挤了很多，过了几站才有空位。小喵照样戴上耳塞听音乐。我看窗外拥挤的自行车流。

“你要不要听？”

她分出一个耳塞给我。耳塞里一个男人在唱歌。唱的是什么我不太懂，但是他的歌声很好听，仿佛走在一个无比空旷的地方，又好像蓝天上的大雁从远处飞来。我听到他讲电影院，讲夜晚的流浪，他的歌声就好像讲故事一样，以前我从来没听过。我听的都是老人们唱的歌，他们唱茉莉花，唱牡丹亭，还有可怜的秋香什么的。老年人唱那些也很好听，但是……现在听到的是完全不一样的，它好像能让你的心脏随它唱歌跳舞，一路远行。

“好听吗？”

“好听。”我说，“我没有听过。”

“喜欢？”

“喜欢。”

我们听了一路的歌，直到下车时才不得不把耳机放起来。她好像兴致很好，一边走一边哼着什么“我们活在公共汽车里”。

走到福利院大门，正好遇见放学来看妈妈的舒灵。小姑娘背着双肩包，和我打了个招呼。

“喂喂，你认识这个小萝莉啊。”小喵说。

“萝莉是什么？”我说，“她叫舒灵，是我的朋友，现在还在上小学。”

“还挺可爱的嘛。”

“是吗？”我说，“我介绍你们认识一下……你也在读小学吗？”

“你才读小学呢，你全家都读小学。”小喵说，“老子是高中生。”

一般我只有听团长发脾气的时候才自称老子什么的。莫非她不是女孩？我看了看小喵，然后仰头发呆。

“好啦，我走了。”她说，“明天见，小狗。”

小喵走远了以后，舒灵小丫头走到我旁边。

“你认识那个长腿姐姐？”她问。

“长腿姐姐？”

“你没觉得她腿挺长的吗？长得也很漂亮。”舒灵说，“我以后要像她的身材就好啦。”

我忧郁地低头看舒灵。比起小喵，她确实还只是个小丫头，跟还没长开的小白菜似的。

“可是……我不知道她是不是女孩。”我问，“你觉得呢？”

“除了腿长，身体苗条，头发柔顺，笑得好看以外？”舒灵迟疑了片刻，摇头说，“我也吃不准呀。不过我觉得，如果她不算是女孩子的话，这个世界上就没有女孩子了。”

第九章　老可怜

喵不是每次都带着新的绘本过来，按她的话说是，就是过来晃一圈，跟猫儿到处散步差不多。两次过后，舒灵和她也熟了，叫她喵姐姐。在第二周，她留下来品尝了福利院的饭菜。当然是在先知道菜单上是中意的荤菜的情况下。

我觉得她这样爱吃肉的姑娘，是没法习惯常年吃素的二外婆的。还好她们本来不熟。不过相对于跟我在一起时她那时常闹别扭的性格，她在我外婆们跟前的表现几乎可以说是乖巧。前一分钟还在为不知道什么事气呼呼着，只要老人一出现，那气呼呼的感觉马上变没了。就好像一只正在撒野龇牙的野猫，突然小声小气地喵喵叫了起来。

看得出外婆们和老人们都挺喜欢她。只有我有点摸不着头脑，尽管我看不懂这种表情的变换。可是总觉得气氛一下子就不同了。但是当周围只剩下我和喵两个人时，她又变成了随时会张牙舞爪的状态。

“我怎么感觉，”我费劲地把心里的感觉转化成口头语言，“你明明对别人都很那个什么友好，只是对我好像很不那个什么的……”

“你觉得被我欺负了吗？”她挑起眉毛问。

“有……有那么一点点……”我把握不是很大地说。

“是不是觉得很不乐意？没关系，说吧，我又不会打你。”

“嗯……没……也没有……”我低头用脚尖在地上画圈圈，“没有不乐意……”

“那好，我给你说个故事吧。”她向我招招手，“来，坐下。”

于是，她讲了一个故事。故事很短。

我的朋友是条眼神单纯的大狗，在遛弯时总是被一只小猫欺负。连抓带咬，骑在头上。大狗默默承受。喂喂你也太不中用了，我说，连只小猫也打不过，整啥呢。大狗很惭愧，结结巴巴地回答，可是，她除了欺负我以外就没有人可以欺负了呀。说着，小猫从他背后探出头来，幸福地蹭了蹭他的脑袋。

之后的好几天，我都努力想象一条温顺的大狗被一只小不点的小猫骑在头上的样子。大狗的表情我想象不出来，我只能想象到一只兴高采烈的小猫，得意地露出脑袋来，一边用脚踹狗耳朵。小猫的表情和讲故事的小喵很像就是了。

“这个故事说明了什么呢？”我不解地问。

“就是说，被我欺负，你应该觉得开心来着。”

除了个别老太太老先生在一楼的花园里种小青菜和大蒜，食堂的新鲜蔬菜和米面肉什么的都是从外面运来的。每隔几天，一辆小货车会把这些东西运到院子里，食堂的师傅们再把东西搬进厨房。有时货车来的时候，如果老可怜也在院子里，他会一把拉住我，不让我靠近货车，哪怕车子一动不动地停在那里也不行。

“当心车子……车子……不要过去……”

他含含糊糊地说，一副我如果过去了他就要哭鼻子的样子。

我觉得老可怜简直比我的外婆还要糊涂。毕竟爱华外婆只是记性不好，不会把停着的货车和开动的货车混为一谈。

货车的司机是个四五十岁的年轻伯伯，脸很黑，头发很短，身体很壮，嘴上常常叼根烟，卸完货在院子里坐一会儿，一边抽烟。我跟他不是非常熟悉。看上去他和团长、老可怜他们混得很熟，这天我看见三个人站在树背后一齐抽烟，吞云吐雾来着。

不过他们没逍遥一会儿，就被护工发现了，三个人都不怎么听护工的话，护工只好叫来院长，一看院长来了，他们三个立刻变乖了，偷偷把烟扔在地上假装没有抽过。院长像训小学生一样把他们三个训了一遍。

“加起来都两百岁了，所以就更加好意思了是吧？”

“二十年没吃香烟了，一下子有点馋，再说是好烟……”团长说，“真的才抽了两口……”

老可怜在一边点头。

“他们叫……我抽的。”他讨好院长说，“我勿要吃……”

“喂喂，爷叔，你这样就太不够朋友了。”司机也不淡定了，一张黑脸都涨红了。本来他一直在旁边嘿嘿地笑着，“虽然阿拉是亲戚，但也不带这么出卖兄弟的。”

“好了好了，你们三个都够可以的。你们两个老爷子先给我回房间。”

院长让护工搀两个加起来两百岁的宝贝上楼，然后又对司机说，“你么，这么做不是害人吗，算了，今天你也别探望了，下周过来再见你阿伯吧。”

司机点头应承下来，连句反对的话都没有。等院长回办公室，他又掏出烟盒，叼根烟在嘴上，等点着烟了，他才发现我一直坐在那里。他看了看，对我咧开嘴。

“格女宁面孔一板老凶额。”他说，“你则小鬼刚刚全部看到了是吧。”

“院长平时不凶的，”我说，“她挺好的。”

“我当然知道她是好心。可是男人抽烟么，女人再管还是要抽的。”他说，“你是小孩，我就不给你抽了。”

“我不抽烟。”我摇摇头，“我十六岁，不是小孩。”

“对，我在你这么大的时候，都进车队当学徒工了。”他说，“烟不给你抽，可乐可以吃的吧？”

“可乐可以。”我说，“只要一天不超过两杯。”

他回驾驶室拿了一罐可乐，远远地扔给我。我没接，可乐咣的一声掉水泥地上了，我才发觉这是扔给我的，从地上捡了起来。罐头有点热乎乎的，一打开来汽水都喷了出来，罐头里只剩下一半。我小口喝剩下的一半。司机坐我旁边抽烟。

“你一直开车的吗？”我问。

“开了快三十年。以前开公交车，后来开过出租，现在跑货车。”他说，“我喜欢跑长途，到处跑着玩。反正没有老婆孩子，一个人吃饱全家不饿。就是公路费太高了，不然还能多赚点钱，操他妈的到处收税。我呸。”

他向地上吐了口痰。我忧虑地看了看，继续喝我的可乐。

“你什么地方都去过吗？我是说，福利院以外的地方。”

“基本上国内叫得出名字的地方都去过的，只要有公路。”司机说，“国外的去过新马泰，不过不是开车，是跟团去的。我更喜欢自己开车。可是人家不让咱们过去，没办法。”

“见过大海？”

“当然，上海不就在海边吗，不过真要看到海还是要开几个小时的。”他说，“什么时候你想出去看看，跟我说一声，我开车带你。”

“我没有特别想去的地方。”我说，“我觉得待在福利院里挺好的。”

“你怎么像个小老头似的？”他说。

有时候我也觉得自己是个很老的人，只是在等待走完最后的一点时间。

司机抽完了烟，站起来打算走了。

“没办法，下礼拜再来探亲吧。”

“老可怜是你的亲戚吗？”我说。

“哦，是的，他算是我大伯。”

“他怎么一直哭？”我说，“他还有亲人吗？”

“他是没有什么亲人。三个小孩都死掉了。大儿子在黑龙江插队时病死的。二儿子炒股，一下子变得很有钱，但后来一下子炒破产了，离婚，家里的房子也被银行收走了，想不开就跳楼了。”

司机挖挖耳朵眼，弹指甲，说。

“还有个小女儿，嫁了个好人家，老公很有本事，和外国人做生意，小孩都读大学了，一次全家开车来看外公，路上被一辆集卡撞了，就这么全走掉了。”

“……”

“我这个大伯一点也不喜欢我，因为我是个开车的。我也没办法。别看他现在挺窝囊的卖相，年轻时可会出风头了，跳舞玩牌都是行家。”

“他现在玩牌还是很好的。”我说。

“有时候想想也确实挺可怜的，活了一辈子，就只剩下这个了。”司机说，“好了，我回去了，下周再过来看看他。”

他上了驾驶座。小货车慢慢转了个圈。我向车窗扬了扬手里的可乐。

“什么时候想出去玩，叫我一下就行了。”司机探出头说，“我开车带你去。”

“知道了。谢谢你的可乐。”我说，“别再抽烟了，院长看见会再凶你的。”

货车开出了福利院。

下午四点半，我照样和爱华外婆一起晚饭。二外婆今天去庙里了，所以饭后我陪另两个外婆去公园散步消食。路过广场草地时，看见有人在放风筝。我们停下来看了会儿，外婆说小时候也喜欢放风筝。不过好多年没放过了。

“现在正好是放风筝的季节。”三外婆说，“过两天我们也来放风筝玩。”

“就是不知道还放得动吗。”外婆说，“跑都跑不起来。”

“风大一点就行了。”三外婆说，“我们去买个好看点的风筝。”

“团长说他会做风筝。”我说，“他还用风筝绑上手榴弹去炸日本人。”

“吹牛吧他。”

两个外婆都表示不信，弄得我也不知道团长会不会做风筝了。虽然他说自己的家乡就是做风筝出名的，可是毕竟都一百岁了。

散完步回来，刚扶外婆回房间，护工敲门。

“有人来找过你，但是你不在。”

“谁啊？”

“一个男的，人已经走了。可能是你亲戚吧，带了一袋水果，让转交给你。”

我从护工手里接过那袋水果。袋子里有三个苹果、两个香梨、六个芒果，还有五个柑橘。我发了会儿呆，忽然觉得心情像飞不起来的风筝一样。

我不知道拿这些水果怎么办。

我没有亲戚在福利院以外。

我不想吃这些水果。第二天中饭后，我把水果都给了老可怜。老可怜笨手笨脚地剥芒果吃，黄色的芒果汁从嘴角流到下巴上。路过的外婆看见了，拿毛巾给他擦脸。老可怜和我还有外婆都笑了起来。

第十章　风筝和心脏

团长听说了风筝的事，自告奋勇要扎个完美的风筝出来，以证明自己没有吹牛，谁都拦不住。担心的事情终于发生了，一来大家都找不到扎风筝的竹条，二来他的眼睛老花得厉害，而且还有白内障，平时看报纸放大镜都不管用。最后还是舒灵从学校带回来一个有五条长长尾巴的凤凰。

团长气呼呼地说这个没他扎的好看。不过第二天去公园试飞的时候，他又比谁都要起劲。

老可怜、团长和外婆他们跟过节一样来到公园里。天空上有一丝丝的云，可是风不大，护工是个四十岁的阿姨，腿脚也不怎么利索，跑不起来。一群人里也就我最年轻。于是凤凰放起来的希望就在我身上了。

“靠你了。”团长很放心地拍了拍我，把线交给了我。

“迎着风跑一下就可以了，”三外婆说，“关键是节奏。”

“别跑太快。”爱华外婆说，“小心别摔倒了。”

“外婆放心。”我说。

护工举着凤凰在后面送我一把。我跑了几步，凤凰摇摇晃晃地甩在半空中，好像随时会掉下来。广场不大，我从一边跑到另一边，然后转弯再跑过去。

“再举高点……”

老人们在旁边给我加油。

凤凰一直跟着我。我越跑越快。

“快升起来啦！”

“别拽太紧……”

拉线的手松了一下，这时一阵大风忽然迎面吹来，手里的线一下子被拽了上去。

“起来啦起来啦！”

老人们兴奋地指着头顶，就跟一帮小孩子一样。凤凰拖着长长的尾羽努力飘向更高的地方。

我高兴极了，再次跑了起来，一边跑一边放开手里的线。我感觉风从我脸旁边呼呼地吹过，就跟我自己要飞起来了一样。

以前我还从来没这么飞跑过。我觉得自己跑得比奥运会的黑人短跑运动员还要快。快得连周围人的脸都看不清了，连他们说什么都听不见。

我只能看见草地上跑着的，都是一些男孩和女孩，而不是老头子和老太太。

我想可能是我的表情识别症又加重了，我现在连人的年纪都分不清楚了。

反正我想继续跑下去，不愿把刚飞起来的风筝给别人。

“别跑了……”他们说。

我的耳朵里灌满了风的声音。

可是忽然间，什么声音都没了，身体一下子摔了出去，手里的风筝线都摔掉了。

胸口透不过气，我躺在地上缩成一团，老人围在我旁边。我看见凤凰飞到了很高的地方，然后摔了下来。

我被送进了医院，检查了整个晚上。右手臂的手肘擦破了皮，缠上了纱布。不过他们好像对手肘并不关心。护士在我的左胸这里贴了胶布，连着两条导线，一条黑色的，一条灰蓝色的。

“别再瞎跑什么了，你的心脏受不了这种折腾。”医生说，“回去以后静养一段时间，按时吃药。”

“它会好起来吗？”

“它天生就是这样。天生的东西很难改变。”

“那么……如果它坏了，是不是我就死了？和我妈妈一样？”

医生沉默了一会儿。

“那是将来的事情。将来怎么样，谁也不知道。”

回到福利院，我一直愧疚地待在房间里，感觉是自己没有照顾好身体里的这个小动物，让它病倒了。有时我觉得我的心脏并不属于我。

从早上起床开始，我在画板上随便画点什么。感觉有点累了以后，就放下来休息一会儿。除了和外婆一起吃饭，我基本没有离开过自己的小屋子。医生说我需要休养，所以老人们只是到门口看了看我就都回去了。

直到有人来敲我的门，敲门的声音听起来又轻，又带点理所当然的味道。

“喂，你没事吧？”

开门。小喵站在门口。

我有点不知怎么办，犹豫了一下，考虑要不要请她进房间。以前还从来没有同龄的女孩进来过。护工，外婆们，以及上小学的小丫头舒灵都不是同龄女孩。

不过就在我犹豫的时候，她已经自顾自进了房间。

“你怎么来了？”我说。

“怎么，谁规定我不能来了？”她转头看了看房间，说，“这是你住的狗窝？”

“是……是啊。”

“还挺不错的么，虽然挺简陋的。”

我房间里没什么家具。只有放衣服的橱子、吃饭和放东西的桌子，还有一张硬板床，连电视机都没有。

“电视机都没有。”她说。

“我不太看电视。”我说，“除了动画片。”

“我也不太看电视。电视会把人看傻的。”她说，“一般都和同学在网上聊天。不过你这里也没有。这次元还真是个不毛之地啊。”

不管她说的是什么，我想我这里都没有。

“还挺干净的。自己整理的？”

“嗯，我自己弄的。”

干净是当然的。因为本来就没多少东西。除了有几本绘本书在桌子上，还有一排药瓶。她拿起药瓶看了看标签说明。

“前天我过来找你了，护工说你还在医院。”小喵说，“现在感觉好些了吗？”

“好很多了。我心脏一直不太好。不过我习惯了。”

“先天性的？”

我点头。这个名词我一直记不住。先天性。

“手臂没事吧？”

“擦破了点皮。胶布撕掉就好了。”

“给你带了两个橘子。”她说，“水果刀有没有？”

我从桌子抽屉里找到把折叠的水果刀，以前和团长一起住的时候他送的。团长说这是瑞士军队的标准装备，所以叫瑞士军刀。瑞士在哪里我不知道，没去过。我只知道三外婆戴着一块瑞士手表。

那块瑞士手表是她十八岁时男朋友送的。她男朋友是上海一个开纺织厂的资本家的公子，开着车到襄阳公园接她吃饭。后来人民解放军来了，她男朋友就跑去了香港，或者是别的国家，以后就再也没有消息。

只留下一块手表，而且指针已经不走了。

三外婆说，手表是在“文革”的时候坏的，后来一直没修好。

小喵在盘子里切开两只橙子。一切四，二切八，然后端着盘子坐到床角。坐下来不算，还踢掉了脚上的白色皮鞋，盘腿坐在床上，跟只猫似的。

“站着干什么，又不是我的房间，”她向我招招手，“过来，坐。”

我于是也坐到自己的床上，学她的样子，双腿蜷起来。

“切好了，自己拿着吃。”

她把盘子放在中间。我们对着盘子吃橙子，吃掉一片，把橙子皮放回盘子里。橙子皮如同花朵的花瓣。

“我最喜欢这样坐着了，女孩子要坐有坐相什么的见鬼去吧。”她一边啃着橙子肉一边开心地发言。

我立刻觉得她一定和三外婆合不来。三外婆就算是一个人坐着也会把腰杆挺直。可是我更喜欢小喵现在自在的样子。

“在学校的时候也可以这样吗？”

“装装样子总可以的，老师不在的时候就无所谓了。不过反正我学习好，老师不管我。”小喵说，“学校是这么个世界，只要你考试成绩好，其他什么事都无所谓。明白不？”

“真的吗？”我说，“学校的事我一点都不明白，我基本上没在学校待过。”

“你不适合上学。我觉得你应该庆幸你没上过学。你如果在学校，一定是混得特别凄惨的那种。所有人都会踩在你头上。”小喵说，“到最后连一个朋友都没有。”

“因为我没有其他人聪明吗？”

“因为你考试成绩不好。考试成绩不好，你就没办法进入好的学校，小学，初中，高中。特别是高考。”

“高考是什么？”

“考大学的考试。小学六年，初中三年，高中三年，中国的小孩读了十二年的书就是为了最后的这一场考试。如果这场考试失败了，你的人生等于失败了一半。”

“为什么？”

小喵头发一甩，吃掉一片橙子肉。

“只有上了大学，上了名牌大学，你才有希望在大学毕业后找个好工作，或者出国，或者继续考硕士、博士，总之就是赚钱，很多的钱。没有好工作，没有很多钱，就是废物，就是LOSER。谁都看不起你，谁都不愿意理睬你。如果你是男的，你连女朋友都找不到，就算你是女的也一样，总之就算结婚了也不会幸福。如果两个人生了孩子，就更加可怜，小孩子会埋怨父母，会讨厌这个家。最后，所有人都会离开你。你只有孤独终老，最后待在一个养老院里，谁都不会来看你。你的整个人生都是失败的，就是因为你考试成绩不好。”

她一口气说了一大段。

“‘动物世界’看过的吧？非洲草原、亚马孙雨林什么的？”

“看过。”我说。“动物世界”是少数几个我喜欢的电视节目之一。我喜欢动物。

“反正学校就是个弱肉强食的地方，跟‘动物世界’里差不多，当然不是比谁力气大，谁跑得快，谁的牙齿锋利，而是比谁的考试成绩好。”

我有一会儿没说话。

我现在就是在一个养老院里。虽然这个养老院的名字是福利院。我没有上过学。我想起妈妈。妈妈没有上过大学，我家也一直没有钱。

两人吃完了橙子，拿纸巾擦手。画板还在床上。我正在考虑要不要把画板收起来，结果小喵也发现了，顺手从我手里拿过去。

“让我看看。”

她一张张翻开我的涂鸦。画的是什么其实我也不是很清楚，我只是一边想着那些听到的故事，一边让故事从我的手上来到画板上。有些是听小喵讲的，作家大叔讲的我也画了下来，画了四张，他看到以后说很喜欢，于是我送给了他。

最近我画的都是自己做的梦。

“你画的是什么？怎么好像是说故事？”

她一张张地翻看，问我。

“我在画我做的梦。”我说。

有时候，在梦里的时候，我觉得自己不是自己。我可以看见很多人。我认得出别人的表情，就算认不出也没有关系。梦里我是一只会飞的鸟，梦里我和妈妈在一起。我在梦里去了很多的地方，那些地方我明明从来没有去过，可是在梦境里又是那样熟悉。

在梦里我是一个海岛上长大的打渔男孩，有的梦里我在沙漠里骑着骆驼。有的梦里我站在一个都是白雪的山顶，高得能摸到星星。我坐在山顶，数那些一闪一闪的星星。直到早上醒来，我还是没有数清楚。

但是我从来没有梦见福利院，不知道为什么。

“这是什么？”她指着第一张有烟囱的说。

“这是我昨天做的梦。”我说，“我梦见我旅行到一个村庄。你会做噩梦吗？”

“有时候会。怎么了？”她抬起头，问。

“那是一个专门烧噩梦的村庄。”

“烧噩梦的村庄？”

旅行时经过一个大雾弥漫的村庄。夜里听见她害怕的哭声，大概是做了可怕的梦。早上醒来，我看见她坐在壁炉前，壁炉里的火苗闪烁个不停。你在干什么？我在烧掉噩梦，她说。烟囱冒着灰色的烟云，我帮她把梦塞进壁炉。然

后天空开始下雨。墨水一样的雨水冲刷掉了黑色雾气。噩梦就这样消失了。

“在那个专门烧噩梦的村庄，我们把可怕的梦都烧掉了。然后我就继续和那个小女孩去旅行。”我说，“然后到早上我就醒了，早饭吃的是……”

“你也想过旅行吗？”

过了会儿，她问。

“我只在做梦的时候梦见过自己旅行。”我说，“我觉得福利院挺好的，我愿意在福利院里当宅男。”

她凝视着我的眼睛，我有点心慌，仰头看天花板。

“我非常喜欢旅行。”她说，“以后如果有可能，我要自己一个人去旅行。”

“你一定可以的。”我说，“你比我聪明，而且……”

“而且什么？”

“腿长……这样走路就很轻松。”

“腿长？”她盯着问，“你是自己觉得的还是听别人这么说的？”

“我不会出卖朋友……”我说，“舒灵小丫头说你是长腿妞。”

她扑哧一声，忽然大声笑了起来。这么明显的表情我绝对不会认不出来。小喵捂着肚子倒在床上。

好不容易才等她笑好。她居然还擦了擦眼睛。

“不好意思实在是忍不住了。”她坐起来靠着枕头说。

“没什么，你高兴就好。”

她放下了画板。我松了口气，还好她没有翻到最后一页。最后一页我不想让别人看见，尤其是小喵。

“你画的故事都是你做的梦是吗？”

“是的。”

“我非常喜欢做梦。”她说，“如果我以后做了什么噩梦的话，就告诉你，你帮我烧掉好吗？”

“好啊。”

“如果我做了有趣的梦，我也告诉你，好不好？”

我点头。

她笑了起来。从那天开始，她把她做的梦都告诉了我，每一个。

“我梦见我在自助餐厅吃饭，昨天。”

她说了第一个梦。她梦见她在自助餐厅吃饭，菜肴太丰盛了，她在犹豫先吃烤肉还是先吃羊排。但是服务员说时间到了，结果那些装满了美食的盘子就一个接着一个从她面前消失了。等所有的食物消失后，她发现自己是在教室里，面对着一张空白的考卷，上课学的东西什么都想不起来。这是个以美食开始以考试结束的糟糕的梦。

“很可怜吧。”她说，“比你还可怜。”

“是啊，可怜的小喵。”我同情地说。

“乖。”小喵揉了揉我的脑袋，跳到地上，“那你安心休息吧，我明天再过来看你。”

“好。”

“对了，你这里有电话吗？”快到门口时她问。

“我房间里没有，在隔壁，我外婆房间里有一个。”

“可以用那个电话找你吗？”

“可以的。”我说，“有时院长和医生就用那个电话找我。外婆会来叫我接电话。”

“你把电话号码给我。知道那个电话的号码吧？”

“知道。”

数字我记得很清楚。我把八位数的电话号码背给小喵，她掏出个像镜子一样的东西记下来。

“你没有手机是吗？”她问。

“没有。”我说。

“那好吧，以后有什么事我可以电话找你。省得你万一不在什么的。”

“我一般都在的。”我说，“我很少离开福利院。”

“太宅了。”

“是啊，太宅了。”我点头承认。

第十一章 你梦见

我经常梦见自己站在空旷无人的田野，那是一望无际的金色麦田。我在阳光下奔跑，气喘吁吁地，但是很快乐。我觉得自己跑得都要飞起来了。

我梦见我在坐火车，和父母一起。就是那种老式的绿皮火车。火车停靠在一个挤满了人的车站。他们都不能上这节火车。我一个一个看他们的面孔，忽然看见一张熟悉的脸。可是我忘了他是谁了。我不知道自己到这个车站来迎接谁。所有人都是陌生人。

我梦见火车来到一座偏僻的小站。我大概是要在这个偏僻的小站等个很久没见的朋友吧。可是朋友一直没来。我就望向车窗外面，外面是一片湛蓝到不可思议的海洋，是那种只有在梦里才能看见的大海。

我自己一个人去航海，发现了一个小岛，瀑布从山上流泻下来，汇成一座座的温泉。白色沙滩上没有一个脚印。我站在沙滩，望着碧蓝的海水，那么清澈，一望无际的，忽然觉得那么高兴，在梦中，我拥有了一座小岛。

我梦见我是海岛上的孤儿，父母在很多年前坐船走了，留给我一把打不开任何锁的钥匙。我在岛上唯一一家酒吧打工，老板是个沉默寡言的老人，卖海藻酿造的酒。周末我去荒废的灯塔远望，等待那艘来接我的船。

我在半山腰上盖了一座小木屋，木屋二楼有很大的露台。养了一些小动物，有小鸡啊，小鸭子啊，还有一只像幽灵一样的小黑猫，悄无声息地来去我的屋子。还有一条黑色的大狗，保护着我的小动物和我的屋子。我在二楼的露台看着大海。

我梦见我是一只不会说话的狗，围绕着海滩奔跑，我看不见一个伙伴，只有棕榈树和椰子。有只海鸥飞在沙滩上看着我，然后飞走了。

我梦见我养了一匹马，又养了一头奶牛，我骑着马在沙滩上飞奔。每天早上起来我都要照顾我的动物，做完所有的事情以后去泡温泉。在泡温泉的时候我睡着了，我梦见我是一个普通的在城市长大的中学女生，明天就要考试了，可是我什么都不会。我在梦中哭了起来，温泉的水变冷了，我冻醒了。还好我在做梦啊，我想。就在这时，又到早上了，我又要去照顾我的动物了，我醒了过来，脸上都是眼泪，枕巾都哭湿了。原来只有在梦里，那个小岛才是我的。

我梦见我从很高的地方掉了下来，身体一个劲往下掉，在快要摔到地上的时候，我用力划动手臂，于是，我像鱼一样在空中游了起来。我要游到哪里去呢？我想不到可以游去的地方，于是，自己一边游一边哭。然后，地面上有人抬起头，问，怎么下雨了？

我梦见我是一只快乐的小黑猫，向着太阳快乐地奔跑。我梦见你是一只大只的金毛猎犬，半路跟在我身边和我一起跑。我很讨厌有人跟着，就问你干什么要和我一起。你说你看我跑得那么欢乐，所以想和我一起。我说，我要你干什么呀。你说，可以陪伴我，如果我累了，你可以驮着我一起跑。既然你都这么说了，我就不客气地说我累了，于是你把我驮在肩膀上。我骑着你，继续朝远方的落日跑去。你的两个长耳朵都飘了起来。看见你跑得这么快乐，我就气不打一处来，凭什么你就这么快乐啊，还不是因为你和我这个萌妹子在一起吗，于是我就伸脚踹你，走开，走开。可是你就是不走开，还是很快乐的样子。

“萌妹子是什么？”我问。

我休养的那两周，小喵每天都来，我们要么在屋里说话，要么去公园的湖心岛上散步，互相告诉对方自己梦见了什么。我们几乎没有做过噩梦，也没有那种特别可怕的梦，她的大多数梦都是非常有趣的，就跟刚学会爬动的小猫一样有趣。

她把这些梦告诉我，真的希望我把它们烧掉吗？我不知道。那些梦就算是烧掉了，从烟囱里跑了出去，变成乌云，变成雨水落了下来。然后，它们去了哪里？

也许它们变成了我自己的梦。在很久以后。

我说话总是词不达意。有时小喵听着听着就会急起来。她在有脾气的时候是一只急性子的猫，尤其是在我不能很好地理解她说的话的时候。如果她在很认真地告诉你一件事情，你有些心不在焉，说话颠三倒四，她一下子就会生气。别人生气的表情我看不懂，但她生气的时候我明显能够知道。

因为她的脸会一下子沉下来。

小脸一黑。

然后就各种不理人，跟任性的小野猫一样尾巴竖得直直的扭头就走。

刚开始我总是不知所措。

“哼。”她说。

“为什么哼？”我小心翼翼地问。

“你太笨了。”她说。

“我知道。”我说，“不认字还看不懂别人脸色。”

“我不是说这个。”她说，“我是说你的问题不在脑袋里面，而是在心里。”

“心里？”我说，“是说我的心脏的毛病吗？”

“不只是心脏衰弱。你的心太实了。天生就是一窍不通。”

“一窍不通？”我问。

她摇头。

“古代有个宰相，不管是赋诗写歌还是处理国家大事都轻而易举，什么问题都难不住他。别人说他特别聪明，是因为他长了一颗七窍玲珑心，聪明剔透。这个丞相吗，就跟我一样。我也是从小学习就特别好，不管数学还是英语还是语文，从来都是学校的第一名，而且是轻轻松松从来不费劲地就拿满分，跟那些吭哧吭哧用功的完全不一样。”

“你真厉害。”我由衷地赞叹说。

“像你，就算去学校读书肯定也是个拖后腿的，天天罚作业不说，在班级里也要被所有人欺负。因为你笨呗，大家都觉得欺负你活该。”

她指着自己的脑袋。

“倒不是说你这里少根筋，不过估计也确实少了根筋，关键的问题不在脑袋，而在你的心。”

喵又用右手食指的指尖轻轻戳了戳我的胸口。

“就是这里。如果我的心是七窍玲珑的话，你的心一定都是实打实的肉块，一个窟窿都不会有，一窍不通呗。”

我低头看了看自己的胸口。仰头望天，想象那一窍不通的心到底长什么样的，想了半天想不出来。我毕竟很笨。

她这么说总是有道理的。我想。

“喂，怎么不说话了？你在想什么？”

“我在想你的心都是洞，那一定能唱出很好听的声音。”我说，“外婆说过有一种很好听的乐器，好像是熏肉，是风吹出来的声音。”

“你妹的熏肉，那个叫埙。”

“……风一吹过你的心脏，就发出很清脆的声音来，像圣诞鹿脖子上挂的铃铛一样。”

“有时候你想的东西还真挺奇妙的，狗狗。”

我感觉她好像又变回了一只安静的小猫，坐在那里很友好地扭动着尾巴。

“我就是喜欢吐槽人……对于看不惯的东西我就是想说些刻薄话，”她双手托腮说，“我就是一个吐槽星人。”

“那个，吐槽是什么？”我问。

第十二章　不良少女海盗

晚上，我们在底楼的餐厅晚饭，舒灵也和我们一起。我的饭量在福利院里是最大的。小喵一点都不逊色，而且在吃肉上更加挑剔。食堂的大师傅特意给我的饭菜加量，喵先从我这里挑拣自己中意的荤菜，蔬菜什么的她是不大乐意碰的。她挑拣剩下的才是我的。

“长腿妞挺能吃肉的嘛。”

舒灵趁小喵去拿纸巾的时候说。

“是啊。”我说，“是不是女孩子都是吃肉的？”

“就我知道的不是这么回事，你看我吃肉就很少。可是和你们在一起每次都吃得很多，我都胖了两斤了。”

“你们在说什么？”

喵拿纸巾回来分给我们。

“我们刚才说长腿……”

舒灵在桌下踢了我一下。我闭上嘴，低头吃饭。

“喵姐姐，我觉得你和狗狗两个太欺负人了，”不知从什么时候起，小丫头也跟着这样叫我，“你们吃这么多还这么瘦。”

“因为还在长身体。”喵说，“以前上学的时候我吃得比现在还多。在饭量上，哼哼，你们还没摸过我的底呢。”

"我不上学，饭量照样很大。"我说。

"那只能说明你是天生的饭桶。"喵说。

"我快要考中学了，现在功课多得要命，更加吃不下。"舒灵说，"对了，你是在读高中吗？"

"嗯。"

"高中的功课不是更加紧张了吗？"

"还好吧。习惯就好了。"

"可是你怎么这么有空，好像天天不用上学似的。"舒灵说，"你高几？高一吗？"

"不是。"

"高二？"

"也不是。"喵说，"事实上我高三。"

"可是你不是十六岁吗？十六岁……"舒灵在饭碗里用筷子扒拉饭粒计数，"不是刚好高一吗？"

"跳了两级。"喵说，"小学三年级跳了一级，然后初中又跳了一级。"

"原来你这么厉害！"

"还行吧。考试我比较擅长。"

"就跟擅长吃肉一样？"我问。

两个女孩一起看我，我低头吃自己的茄汁排条。

"你高三了，不是功课更加紧张了吗？而且马上就要高考了……"

"保送。"喵耸肩，"所以不用上课了。"

我看见舒灵瞪大了眼睛。

"保送很厉害吗？"我问。

"一般。"喵说，"又不是只有我一个人。"

"原来你是优等生呀。"舒灵过了会儿才说，"我本来还以为你是不良少女，经常逃课呢。"

“我像是不良少女吗？”小喵问，“哪里像了？”

“长得漂亮，腿长，还穿彩色丝袜。”舒灵说，“人生真是太不公平了。”

喵像摸妹妹那样摸摸舒灵的脑袋。

“还爱吃肉和吐槽。”

“那么，喵姐姐，你怎么会逛到福利院来的？”舒灵问，“你为什么来这边？”

“因为顺便……我有个认识的朋友，”喵说，“我想他就在附近上学。”

周六下午，舒灵小丫头叫我一起看电影。于是我们用作家大叔的笔记本电脑看美国的动画片，《玩具总动员三》。

一和二我都看过，是讲一个美国牛仔玩具的，他的好朋友是一个宇航员，叫拔丝光年。我挺喜欢吃拔丝苹果的，所以也很喜欢看这个电影。不过电影刚开始放，小丫头就跳起来说忘记写作文了，让我一个人看，她跑到一边写作文了。

看到拔丝光年和玩具们来到幼儿园，遇见一头慈祥的草莓熊的时候，小喵来找我了。

“在干什么？”她问。

我指了指电脑。

“在看电影。”

“什么电影？不会是爱情动作片什么的吧……”

“爱情动作片是什么？”我问。

她凑过来看了眼。

“哦，《玩具总动员》。”

“你要不要一起看？”

“我早就看过啦。电影刚上映的时候就去电影院看了。”她不是很感兴趣的样子，“喂，狗狗，我挺无聊的，我们去公园转转吧，去玩蹦蹦床什么的。”

“我想看电影。”我说，“我挺喜欢这个电影的，想知道拔丝光年和他的玩具朋友们后来怎么样了……”

小喵哼了一声，头扭向一边。

“我看完电影陪你去好不好？”

“你就看你的电影吧！笨狗！我事情很多的，才没时间和你去公园里走路呢。”

“你有什么事啊？”我转过头问她。

“……我有什么事关你屁事。”她脾气好像一下子变大了，“我回去了。”

我眼巴巴地看着她往门外走。走到门口，她向我挥挥手。

“拜拜，”她说，“忘了告诉你了，草莓熊是坏蛋！”

没等我反应过来，她就跟一只恶作剧的猫一样哧溜一下不见了。我很惆怅地坐在椅子上继续看我的电影，尽管从没看过这个电影，可是接下来的情节我已经提前知道了，草莓熊真的是坏蛋。

晚上九点钟，我在屋里开着台灯画画，老人们这个时候都要睡觉了。我听见隔壁外婆房间的电话铃响了。

外婆敲我的门，身上穿着朵朵梅花的睡衣。

“有个小姑娘打电话找你。”她说。

我赶紧爬起来去隔壁接电话。果然是小喵。

“电影看完了吧，狗狗。”

“草莓熊真的是坏蛋。”我说，“你别告诉我就好了。”

“嘿嘿，我很坏吧。”她的声音听起来挺得意的，“谁让你不理我，一个人看电影。”

“我……”

“好啦，别委屈了。我想想……找个星期二，我们去看电影吧。那天电影票半价。”

“是去电影院看电影吗？”

“当然。”

“我有很长时间没去过电影院看电影了。”我说。

“我就知道肯定是这么回事。”她小声地说，“戳笨狗……”

我挂上电话。外婆已经睡到了床上。

“打完电话啦，新一？”

“打完了。你睡吧，外婆。”我说，“刚才你已经睡觉了吗？”

“刚刚睡下。”外婆说，“等会你也早点睡吧，晚上看书对眼睛不好。”

我点点头，俯下身，像小时候一样亲了亲外婆的脸。老人的面孔好像放皱了的苹果。

“晚安，外婆。我回去睡觉了。”

我轻轻带上房门，回了自己屋子。

周日的早上，我像平时一样六点一刻醒过来，刷牙洗脸，吃早饭。然后在三楼的阳台上晒太阳，看绘本。忽然有人拍了我头一下。

“干什么呢？”

“晒太阳，看书。”我说。

“我跟你说，我昨天晚上做的梦。”

我仰起脸，眯着眼睛，努力回想我昨天梦见了什么。

“我昨天好像梦见了……”

“谁会关心你昨天梦见了什么，你老老实实听我说昨天梦见了什么。”

她兴致勃勃地打断我，我于是看着她的鼻尖，听她说。

“我昨天梦见我是个海盗首领。女海盗。手下有一帮子人。我们打败了另一群海盗，占据了一个海岛，那个海岛的样子就跟鼓浪屿似的。鼓浪屿你知道不？”

“我没去过。”我谨慎地回答说，“你们在那里干什么？”

“反正就是个海岛呗。我们在海岛上建立了一个王国。手下那帮男海盗都是笨蛋。本来我不想管事的，可是没办法，只好当了首领。海岛上来了另一帮海盗，为了奇怪的建筑风格的理由和我们起了争执，结果我提议大家一起造房子。那帮海盗心悦诚服，和我们一起在岛上建造旅馆，各种很好看的旅馆。我在梦里统治着我的海岛。”她说，“醒来以后，我忽然很想去厦门岛玩了。”

“鼓浪屿？”

“对的。岛上有很多小吃和好看的旅馆。比方说海蛎煎、烧肉粽、鱼丸汤，还有一块钱一个的麻糍。只有两个字，好，吃。如果我们能一起去那里就好啦，每天吃吃喝喝，沿着海岛散步……”

我们一起闭眼，想象那些吃的，就这么过了好一会儿。

“你刚才说你梦见了什么？”

“海豚。”我说，“我梦见了海豚。”

我梦见一条灰色的鼠海豚，很大，在游泳馆里慢慢地游着。可是我不会游泳，就只站在池边看着它。第二个梦梦见了更多的鲸，虎鲸和海豚，还有别的鲸鱼。海浪冲垮了木堆的围栏，它们的尸体盛放在浮舟上，漂浮过岸边。远处一只巨大的河马在海中昂首甩水，皮肤闪闪发亮。我在岸边看着这一切。

“我们的梦都和海有关。”她说，“要不我们去看一个和海有关的动画电影吧？晚上我去网上查查看，星期二有没有放海底总动员。正好我还有赠票，如果放的话我们就去看吧。”

“讲什么的？”

“大海里的小鱼的故事。很有趣的。”

“好。”

我点点头。休息了半个月，我觉得自己已经好多了。

“要不叫舒灵一起去吧。”她说。

“星期二下午她要上课。”

“可以逃课的嘛。”小喵兴致勃勃地说，“作为她的学姐，我有责任教会她逃课。又不是每节课都必须去上。”

“……你真的是不良少女吧？”

“呸。”她说，“就这么定了，晚上你等我电话。”

“小喵，有一件事。”我犹豫地说。

“什么事？”

“以后晚上太晚的话，不要打电话给我了，好吗？”

“什么意思？”她嘴角往下一撇，“不想接我电话还是怎么着？”

“电话在我外婆房间里，她八九点就睡觉了。”我说，“晚上打电话过来会把她吵醒的，那样她晚上就睡不好了。所以以后晚上太晚的话，你不要打电话过来了。”

“……”

她半天没吭声。我以为她生气了。

“我不是不想接你电话。我很高兴你能给我打电话。”我说，“……我只接到过你一个人的电话。”

过了一会儿，她摸了摸我的脑袋。

“知道啦，那我以后不打电话给你了……你这只笨狗。”

第十三章 看电影

我们问舒灵要不要星期二逃课和我们一起去看。她说逃不了。

“星期二的课安排满了。”她叹气说，“要是星期六星期天还行。”

星期六星期天电影院就不放这部电影了。于是小喵和我还是按原来的计划自己去看。

这是一个欢乐的故事。大海里的各种生物，海龟，鲨鱼，小丑鱼尼莫和小丑鱼尼莫的爸爸。小喵从头笑到尾。我也跟着很开心地笑。奇怪的是，虽然我看不懂现实生活里周围人的表情，但电影里这些卡通角色脸上滑稽的样子我居然都能看明白。

我们一边看，一边分吃一桶爆米花。

每看到一个好玩的地方时，小喵就会拉住我的胳膊，另一只手指着大屏幕。我觉得很开心，弄不清是因为电影的情节呢，还是因为喵在旁边这么开心。

当小丑鱼尼莫找到爸爸时，我感动得心脏怦怦直跳。

虽然我没有爸爸，不是很理解尼莫的这种感情。

我发现自己非常喜欢在电影院里看电影。我喜欢那巨大屏幕上的故事，电影放在那个巨大的屏幕上，就好像是个美妙的梦境一样。我喜欢屏幕亮起和走道里的灯光一下全部暗掉的时刻。我喜欢电影角色说话的声音在我耳边响起。我喜欢电影院的爆米花，这是我吃过的最香甜的爆米花。

直到电影结束，灯光亮起来，开始播放演职员表时，我还是坐在那儿，不愿起来。一直等到最后的音乐都放完了。

这时电影院的人也走得差不多了。我和小喵拖在散场队伍的尾巴上，最后离开放映厅，走出出口通道，小喵忽然撞了我一下。

“你撞我干什么？”我问。

“嘘，前面。”她小声说。

“前面？前面有什么东西？”

“就算前面有头狮子估计你都看不见……”

她只好指给我看。在前面不远的地方，舒灵小丫头和作家大叔夹在散场的人群里，显然是和我们一样刚看完电影。

我正想和他们打招呼，小喵又踩了我一脚。

“你干什么？”我疑惑地问。

“我干什么？你想干什么？”

“我想和他们打招呼。”我说，“我不知道他们也来看电影了。”

“你真是笨啊。”喵说，“笨得都不知道北了。你还敢再笨一点吗？”

“怎么了？不能和他们打招呼吗？”

“明显人家不希望让我们知道啊，不然早就答应和我们一起看了呗。”

舒灵和大叔进了旁边的肯德基。他们面对面坐在靠窗的位置上，挺开心地一边吃汉堡薯条一边说话。不管小丫头说什么，作家大叔总是很慈祥地看着她。舒灵看上去也比平时活泼，不时举起杯子吸可乐。他们看起来就跟电影里，尼莫和他爸爸那样是家人。

“那个，我们怎么办？”我问。

“还能怎么办，我们走我们的呗。”喵说，“快走，别让他们发现我们。”

我们走回福利院。一路喵都在唱同一首歌。

“你是一只小狗，小狗……呆头呆脑的小狗……”

而我则认真思考为什么舒灵和作家大叔看电影不想和我们一起的问题。

“小喵，为什么舒灵可以逃课和作家大叔看电影，却不和我们一起？”

“你用膝盖想就能明白啊。为什么为什么！哪有这么多为什么。笨蛋就是笨蛋。”

我试着用膝盖想了想，半天没说话。

“那个，你喜欢那个小姑娘吗？”她问。

“哪个？”

“就是她妈妈从来不说话的那个，叫我长腿妞的那个，刚才逃课却不和我们看电影的那个。”

我点点头。

“我把舒灵小丫头当成妹妹。”

“当成你姐姐还差不多。她要比你聪明多啦。”

“我年龄比她大。”我想了想，说，“个子也比她高。”

我看见小喵的嘴角翘了起来。

她笑嘻嘻地说。

“我们是好朋友吧。”

我点头。

“那你喜欢我不？”小喵问。

我认真想了想。

“我喜欢你笑起来的样子，可是不喜欢你生气的样子。”我老实说，“你的脾气不太好。”

我感觉脖子后面有点发凉。虽然看不懂她的表情，可是我感觉她的脸板起来了。

小喵切换成脸黑模式。

“玩儿蛋去吧你。我一丁点一丁点都不会喜欢你。我要是还来找你玩，我就是猪！”

她背起书包，头也不回地跑掉了，留我一个人在阳台上发愣。

晚上，我一直等到所有老人都睡觉了，外婆房间的电话还是没有响起来。第二天，我也没有见到她。晚上电话像是睡着了。

我连续做了三个晚上的梦，梦见我弄丢了一只小猫，画了整夜的寻猫启事。连续三个晚上我都在做同一个梦。我在街道上寻找一只流浪猫。

“请问你遇见过这只猫吗？”

我把我的小猫画像给每个遇见的人看。他们每个人都微笑着摇头。

三天以后，猪来了。

第十四章

宠物热线

喵双手插在兜里，板着面孔出现在我面前，明显还在生着气。

“哼。”她说。

我跟她打招呼时，她扭头表示不理我，长长的马尾巴差点甩到我脸上。

我们在院子里坐了好一会儿。我简直不知道怎么办才好。几个走过去的老人好奇地看看我们。

“你还好吗？”我问。

“不要你管。”她说，“你才不会管我过得好不好呢，臭狗。”

我也不知道她是不是和我说话。因为她要么低头，要么望天，连看都不看我。

“我一直在等你电话。”我说，“不知道为什么，这三天我连吃饭都吃不下。”

“活该。”她说。

我低头用脚在地上画圆圈。

“谁让你惹我生气的。”

“我没想惹你生气。”我说。

“现在知道怕了吧。”

我点点头。

“这还不行，你必须唱一首歌给我听。”她说，“不然我不原谅你。”

“我……我不会唱歌……”

“随便你唱一首，不然我就再也不过来了。我是说真的。”

我忧郁地站在那里。我真的不会唱歌，以前有个老太太要教我黄梅戏，可是我第一节课就发了心脏病。后来不管是老人合唱团还是唱歌兴趣小组都再也没有找过我。我想我的心脏不适合唱歌。

“不唱我走了。”

“等一下……”眼看她就要转身走了，我着急起来，“我记起来一首讲两只小猫的歌……好像是两只小猫，两只小猫，跑得快，一只没有耳朵一只没有……”

“你这叫唱歌？你坑爹呢！”

没等我唱完一句，喵的面孔就板了下来。我尴尬地停下来。

“小喵，我真的不会唱歌……我可以说故事来代替吗？”

“好啊，也行。我倒要看看你会说什么故事。”

我心虚地看了看她。

“从前有只爱唱歌的小喵，最喜欢对人说，给我唱歌。如果别人不唱，她就跳上围墙，怎么叫也不下来。一边在围墙上啦啦啦地唱歌。直到我遇到她。我们对视了一会儿，她冷不丁地说，给我唱歌！好吧，我被打败了，只好丢脸地唱了首两只小猫。小猫胡子抽搐了几下，一巴掌拍过来，坑爹呢你，你全家都两只小猫。”

喵板着脸半天没说话，然后忽然弯腰笑了起来。

“这样可以了吗？”我问。

“好吧……我原谅你了。知错就改才是好狗。”她止住笑，说，“奖励一片口香糖。”

我接过口香糖。

“别咽下去啊，会把肚子粘起来的。在嘴里嚼就可以了。”

“我知道。”我说。

“知道吗，不准再惹我生气了。不然我真的会跑掉的。”她说。

我点头。感觉喵呼了口气，摸了摸我的脑袋。

“这才乖。”

嚼过口香糖，她从书包里拿出个手掌大小的东西来。

“今天是来给你这个的。”她说。

“这是什么？”

“手机。打电话用的。你有手机吗？”

“没有。”我说。

“会用吗？”

“不知道。我没用过。”我想了想，“我看见过院长他们用过的，有几个老人也有的……”

“这个给你。这样晚上打电话就不会吵醒你外婆了。”

“我不会用。”我摇头，“手机是很贵的东西，不能随便拿。”

“不会用我教你。你要是学不会我就揍你，以后再也不理你了。”

我缩了缩脖子。

“又不是什么好东西。现在的小孩基本上人手一个了。这个是我以前用旧的，现在我有个新的，这个正好空出来给你。电话号码也弄好了，是家庭套餐的附属卡。”

她嘴角翘了起来，竖起食指摇了摇。

“其他你就别管了，学会用就行了。”

我接过手机。手机是白色的，翻开来盖子上面是屏幕，盖子下面是数字键盘。还好键盘上是数字1234567890，不是汉字。这个我还能看懂。

“我已经在里面存了我的号码。这个手机里只有我一个号码，”

她说，“就当是宠物热线吧。”

她用另一台黑色的手机，屏幕很大，可以在上面指指点点，手机背面是一个咬了一口的水果图标。接下来她教我使用手机，主要是要记住哪个键是接电话和打电话，哪个键是挂电话。感觉和用外婆房间的电话机接电话打电话差不多。

“会了？”她问。

“会了。”我说。

确实挺容易的，就算是对我来说。

“那接下来学发短信。”她点了下她的手机。

一条信息出现在手机屏幕上。发信人的头像是小喵。这是她设置好的，省得我弄不清状况。我低头阅读短信。

“小喵，”我抬起头看着她，“我不认字。”

“我倒是忘记了。怎么办呢？”

喵挠了挠头，忽然像是想起来什么，又飞快地点了几下屏幕。手指仿佛纤细的精灵在跳舞。

有一条信息出现在屏幕上，这次不是文字，而是各种符号组成的图案，就跟画出来的形象似的。

(=￣ω￣=)

“这是一只猫吗？”

“是啊，看懂了吧，还有其他的。”

手机又响了一下。

:)

:(

我偏着脑袋辨认了一会儿。

“微笑和……难过？”

“聪明聪明。”她开心地揉了揉我的脑袋，“还有还有。”

:-D

“大笑。”

~>_<~

“讨厌。”

(° o °)

“吃惊。”

她发了很多的符号在屏幕上让我辨认。这些就和最简单的画一样，很简单就能让人理解它的意思，有的是心情，有的是表情，有的是动作。

时间不知不觉就过去了。

P(^_^)q

“狗狗加油。”喵伸了个懒腰，说，“我们以后就可以互相发短信啦。”

我靠近她，伸鼻子闻了闻。

“你闻什么？”

“你头发的香味。”我说，“像蜂蜜熊。”

我把小喵给的手机放在床边的书桌上，和我的绘本、彩色铅笔、绘图板放在一起。喵还给了我一副耳机，说手机里存了一些歌曲，没事的时候可以用耳机听音乐听广播。不过这个功能我还没学会。

晚上十点钟，电话铃声响了一下，一只小猫细声细气地喵了一声。我拿起手机，打开翻盖，看见小喵发来一条短信。

(￣ˇ￣)

五分钟后我终于把回信发回给她。

:-)

过了好一会儿，手机响了一声。她回信来了。

(￣o￣) . z Z

你是睡了吧？

对着手机屏幕看了一会儿，喵没有再发短信过来。

我合上手机，把手机放在窗台上的小仙人球旁边。

晚安，小喵。

我闭上眼睛，在黑暗中轻声说。

晚安。

第十五章 喝醉了

这天夜里，我在自己的屋子学习用手机画短信，时间已经挺晚，隔壁外婆房间已经听不见电视机的声音。估计大多数老人都已入睡，护工也差不多都回值班室休息了。

有人敲我房间的门。

“谁？”

“困……困觉了吗？”

我听出是老可怜的声音，打开门，果然是他站在门口。

“你还没睡觉吗？”我问。

他把食指贴在嘴旁边，做出不要让别人听见的样子。

“嘘……团长叫吾来寻侬……去阿拉房间……”

问他什么事也不说。于是我只好掩上房间的门，扶着他往回走。我们放慢步子，蹑手蹑脚地从别的房间门口经过。只有几个房间里还开着小灯。走到楼梯转角处值班室那里，我们就更加小心，虽然我还不明白为什么要小心翼翼。

走到他们房间，老可怜推开门，先将头探进去。

“赶快进来，”团长说，“别待在门口叫那些老娘们儿看到。”

老娘们儿是团长对护工、保姆、医生以及院里爱管闲事的老太太们的统称。

“么……么宁看到。”老可怜说。

“门关掉。”

我们进房间，关门。这间老人居室是我十岁时住的，看上去还和那时一模一样，除了装了台新的空调。以前我们只有电风扇。空调上贴着两个穿泳裤的男孩贴纸。

房间里只在床头开着盏小台灯，有点暗。我摸墙壁，想打开日光灯。

“别开大灯，靠近点就看清楚了。”

团长稍微调亮了点台灯。

“你们怎么还不睡觉？”我问，“有事找我？”

“当然是大好事，不是好事我们也不会找你。”团长说，“是吧，老弟。”

老可怜咧着嘴点头。我更加糊涂了。

团长小心地从被窝里掏出两个长瓶子。

“走私货，嘿嘿。”他说，“猜猜这是什么？”

“瓶子？”

团长打开瓶盖。

“闻闻看。”

我凑到瓶口闻了一下。医院里酒精的味道，不过比那个味道要香醇很多，带着水果味。

“这是酒吗？”我问。

“洋鬼子喝的酒。威士忌和红葡萄。”

“你们从哪儿拿的？”我说，“院长不是不准在院里喝酒吗？”

“所以才要偷偷的，不能让别人发现。”团长说，“这是为了庆祝你身体康复了嘛。”

“我外甥送过来额。”老可怜说，“今朝伊过来送货。个趟阿拉勿吃香烟了，改吃外国老酒。”

我不知道自己的身体能不能喝酒，不过团长他们说红葡萄酒对心脏有好处。他们都这么大了，懂得应该比我多。

老可怜找了三个茶杯摆在桌上，团长分别往杯子里倒葡萄酒，两个杯子是倒满的，一个只倒了一小半。他们给我喝只倒了一小半的茶杯。我先舔了一口。

“有点酸。”我说。

“葡萄酒全是格种味道的……”老可怜教我，“侬可以加点汽水……”

房间里只有一瓶雪碧。我把雪碧倒进自己杯子里，倒满一杯。他们都不要兑雪碧，说这样味道就不正宗了。

“葡萄酒算个屁，还没酒酿好吃。”团长喝了一口，说，“老子以前一口气喝一斤白酒，烧刀子！现在的小二，二锅头！”

“是额，绍兴的米酒蛮好吃的。日本的清酒蛮像阿拉额米酒额，吃起来甜咪咪的。吾年轻的辰光喜欢红酒的，老了越来越喜欢阿拉自家的酒，吃起来适宜，比方讲黄酒，冬天吃对身体蛮好额。”

老可怜喝了一杯酒以后，居然口齿都清楚了很多。

“我喜欢吃酒酿圆子。”我说，“酒酿蒸蛋也挺喜欢的。”

掺了雪碧的葡萄酒口感好多了，虽然颜色不是很好看。我像喝果汁一样喝光了一杯，又倒了点葡萄酒，再加上大半杯汽水。两位老大哥也各自又倒了杯酒。

喝第二杯的时候，我觉得脸热乎乎的，心脏也比平时跳得快。

“这就醉啦小兄弟，”团长说，“看你脸都红啦。男人要学会喝酒的，你十五岁了吧。”

“十六岁。”

“那就是男人了。我十三岁就是小游击队员啦，首长叫我红小鬼。”

“你十三岁就打仗了吗？”我说，“你妈妈同意你去的？”

“说出来吓死你们，我的老头子是山里的土匪，专门绑架地主家，要钱要粮。”

“嘿嘿，侬窝里厢就跟上海滩额流氓一样。青帮，黄金荣，杜月笙。”

老可怜眯着眼说，红光满面。

“你家里以前是坏人？”

“这算什么坏人？跟现在当官的比起来好太多了！”团长大声说，“我家老头子被乡里抓到了，剥掉皮挂在村里。他们还要来抓我，斩草除根。有个老乡把我藏在柴火堆里，等乡里保安队走了以后我才跑出来。走的时候天还没亮，回头一看，老头子的身体在树上乱晃，我的爸爸呀，老子当时就尿裤子了。”

“吾前天夜里尿床了！”老可怜也大声说，“以后阿拉都要用尿布啦。”

“嘘，你们小声一点。”我说。

“我和我的堂兄弟去外乡的亲戚那里，进了游击队，打日本人和汉奸。我们还见过毛主席！他老人家和我招手。我们说，毛主席万岁！”

“毛主席万岁！万万岁！万万万万岁！”

老可怜举起拳头附和。

葡萄酒的酒瓶空了。他们把另一瓶酒的瓶盖也打开了。这瓶酒叫威士忌。我虽然更加喝不惯，不过还是倒在杯子里兑了雪碧喝。

“格则酒牌子叫约翰走路。吾老早跳舞辰光吃过。老牌子了。”

“老子到鸭绿江那边打美国人的时候，喝过这个酒。打胜仗的战利品，还有午餐肉罐头。哎，现在没有午餐肉罐头。”

“我去食堂的厨房看一看。”我说，“看有没有罐头。”

“晚上我去看过，门早就锁掉了。没钥匙。”

“我那里有花生米。”

团长和老可怜一齐张大嘴。我忘了他们的牙掉了很多，现在戴的假牙，已经嚼不动花生了。

“只好吃稀饭了。”老可怜说。

“团长，”我问，“你打仗厉害吗？”

“我堂兄弟打仗比我厉害多了，一把大刀砍死了五个拼刺刀的鬼子。他从一个小兵，几年就当了连长。大家都说他是当团长的料，打仗凶。”

“凶，干。”

我和团长、老可怜干了一杯。

“部队转移到乡下，他看上了一个妹子，那妹子可水灵啦。他和妹子好啦。但是我们是不能带家属的。于是他们就私奔啦。我后来再也没有见过我堂兄弟，我也没再见过那个水灵的妹子。”

“萌妹子？”我问。

“后来我跟着部队开进上海来了，本来想复员的，朝鲜又打起来了，我就又去了朝鲜。一回国我就退伍了，然后我就老啦。我见过很多的妹子，可是没有一个比得上我堂兄弟的那个妹子水灵。”

他大口喝约翰走路，一边哭，可是又哭不出眼泪。老可怜在一边笑话团长。

“她长得像你的外婆。”团长说。

“我的三外婆吗？”

“都像。像你的三个外婆。”

“哈哈哈哈。”

老可怜倒在床上还在笑。

“团长，你真的当过团长吗？”我问。

团长抱着酒瓶歪在床上，闭上眼睛。

“我讨厌打仗……狗屁战争……都是狗屁……好人坏人一起

死……老子今年一百零一岁……活够本了……”

我们好像都喝醉了。我感觉胃里堵得难过，摇摇晃晃地出了房间，在走廊上乱撞。地板和天花板颠倒了个，地板跑到了头上面去了，我用力一跳，终于回到地板上。大理石的地面真清凉，趴在地上还挺舒服的。我像游泳一样往自己的房间爬。游过很多间老人居室门口，门缝下的光就如同晚间车流的灯光。有的车在按喇叭。

喇叭的声音太吵了，我耳朵和脑袋都痛得要命。不对，我清醒地想，我是在游泳，所以不可能是在街道上。我是在海里吧。那么那些肯定不是喇叭了，是轮船的汽笛。我奋力向前游，脑袋往前一冲，撞到门上。

门被撞开了。我听见汽笛声从漂浮的床上传来。我的床是大海里的一个小舢板。小船上的信号灯还一直亮着。船颠簸得厉害，我想我是晕船了吧。

“感觉好点了吗？新一。”是外婆的声音。

她怎么也到船上来了？

我扒着抽水马桶吐了半天。看着马桶抽水的漩涡。糟糕，船一定是遇到漩涡了。

“吐干净会舒服点。”

外婆拍我的背，拿毛巾给我擦脸。

我又游到了船上。抱着鸣笛的信号灯捂在胸口，然后终于觉得安心了。我喝了几口水，在摇晃的舢板上睡了过去，随便它带我去什么地方。

我不省人事地睡了好久，直到头疼把我弄醒。是那种一下一下的刺痛。我睁开眼睛，眼睛也被光线刺痛。不知道谁在大声说话，声音像尖尖的锥子钻我的耳朵眼。

然后耳朵剧痛，是真的很疼，因为有人在扭我的耳朵。

“疼……”我说。

“现在一定觉得很舒服吧。”小喵一边揪我的耳朵，“昨天喝酒喝得很快活吧？居然不接我的电话！”

她松开手，我捂住自己的耳朵，费了好大劲才坐起来，晕头晕脑的。手机从胸口滑到床上。更糟糕的是，我完全记不清昨天晚上的事情。

“我记不得了。”我说，“我头疼。”

“活该头疼。”

“我外婆呢？”

“我来的时候你外婆在这里，她让我照看你。”喵说，“我顺便教训一下你，你昨天喝了什么？”

“雪碧和葡萄酒，还有那个什么走路。”我晃了晃脑袋，说，“我好像喝了三杯。”

“你酒量太差了。”

“你也喝过酒吗？”

“陪爸爸喝过。”她说，“一两瓶啤酒不在话下。夏天喝啤酒吃烤串最爽了。你都没有试过吧。”

我摇头。脑袋里仿佛有个零件松了，在里面哐当哐当地响。

“我再也不喝酒了。”我难受地说，“我昨天好像听见你的电话了，我还以为是轮船的汽笛声。”

“你外婆说你一路睡地板游回来的。地板都被拖干净了。你当自己是什么？会游泳的拖把狗？”

我张了张嘴巴，又抱起了脑袋。小喵一边继续批评我，一边起身倒了杯水。我口渴得要命，一口气喝了一整杯。

护工在门口张望了一下。

“怎么样？”

“就是有点蔫搭搭的。”喵说，“醒是醒过来了。”

“团长和老可怜怎么样了？”我问。

“和你差不多，刚才被院长狠狠批评了。两个人还老不害臊地笑。”护工说，“你们害得昨天值夜班的护士小妹写检查。”

我觉得很过意不去。

“对不起。”我说。

“又不是你的错，你充其量也就是个从犯。那两个才是主谋，教唆犯。都老成精了。”护工说，“对了，有个人来看你，你要不要出去见他？”

“有人来看我？”

“一个男的，上个月也来过，说是你的亲戚。”

我沉默。

“我头还是很晕。”我说，“我不舒服，所以不想出去见任何人。”

“好吧，我去告诉他。”护工说。

过了片刻，她拎了一袋水果进来，放在床角。

“我让他走了，这是他说给你的。”

护工走后，小喵打开袋子看了看，取出只橘子在手里玩。

“你真的不舒服吗？为什么不想去见亲戚？”

“我没有亲戚。”我说，“我不知道他是谁。”

“连看也不想看一下吗？”

“不想知道。”

她走到走廊上。我看见她倚靠着走廊的栏杆往下面的院子看。

“我好像看见他了。”她在阳台那里说，“想知道他的样子吗？”

“……”

“看上去四十多岁，比舒灵的作家大叔看上去要老一点。穿一件灰衬衫，挺瘦的，个头一般。皮鞋很旧，他在和门卫说话，从说话的样子来看，肯定不是当官的，也不是公务员，不像是当老师或者医生的，开一辆电瓶车……可能是普通的职工吧，中下层劳动人民……”

喵回头看看我。

“我觉得你们长得有些地方挺像的，说不定你们真的是亲戚。”

“……”

“是不是你爸爸那边的亲戚？你见过你爸爸那边的……”

“没有见过。”我说，“我没有爸爸。”

“好吧，没有就没有，吼什么吼啊。”

喵耸耸肩，回到房间里。

“想吃水果吗？苹果还是香梨？我帮你削皮。”

她找到瑞士军刀，从袋子里挑了个苹果，用刀刃削皮，苹果皮一圈圈地盘下来。

“给你。”

她递过白生生的苹果。

我把头扭向一边。我不想吃水果。

“人家好不容易给你削了个苹果，在家里我可是什么活都不干的。”她把苹果放在桌子上，说，“你还真是一只很倔的小狗啊，太梗了。来，倔狗，龇个牙给我看看。”

我像狗儿那样龇了龇牙。

“果然很凶啊。”她放下苹果，手撑在床沿，“可惜了这袋水果。虽然我更爱吃肉。”

这袋水果随后被我们放在值班室，留给那个因为我们昨天喝酒而被批评的护士姐姐。我希望她不会因此而讨厌我们。我的家在这个福利院。我不希望被自己的家人讨厌。

第十六章　生病

如同喵说的那样，醉酒的后劲很大。两天以后我才恢复正常，走路不再觉得犯晕。我恢复了每天的散步。陪外婆或者舒灵她们去公园。和作家大叔交换着推舒灵妈妈的轮椅。

沿着湖岸的小径走上半圈，正好可以走到公园新开张的海洋世界。海洋世界外形仿佛白色的轮船。经过门口的时候，我看见海报上贴满了各种海洋鱼类，它们好像就是出演《海底总动员》的鱼类演员，还有非常可怕的鲨鱼。

但是最引人注目的明星并不是鲨鱼，而是一条会表演的白鲸。据说它是从很远的地方来的，那个地方是地球的尽头，一个寒冷到不可思议的国度。极地白鲸是那里来的使者。

每到周末的时候，几乎全上海的小朋友都在门口排队，有的是老师带队，有的是家长带着来的。小朋友在一起挤挤攘攘的，有时在我房间的窗口就能听见。

从我房间的窗口看下去，公园湖上的帆船就和喷水池里的小纸船一样。妈妈在这里上班的时候，我在水池边玩，有个眉毛比头发还长的老爷子给我折了两个小纸船。纸船是蜡纸做的，所以不会被水浸透。我想象自己乘着船在海面上航行。

“那你见过真正的大海吗？”喵问我。

“妈妈去世的时候。”我说，“院长带我去了海边，坐了条轮船。我把妈妈的骨灰撒到了黄浦江的出口。我还看见了海鸥。不过院长说那不算是真正的大海。真正的海水，不是黄绿色的，而是一种又深又透明的蓝色。”

我抬头看了看天空。

“和天空的蓝颜色也不一样，我想。”

小喵脱了鞋，双脚蹬在椅面，像猫一样地盘腿在椅子上。

“公园里不是有海底世界吗？没去过吗？”

“没去过。”我摇头。

“这么近都没去过？”

“在公园的另一边，挺远的。”我觉得自己脸红了，因为我没有说出更主要的原因，那里的门票很贵，一张门票相当于福利院半个月的伙食费。我的钱不够买票进去。

其实是这样，我身上几乎没有钱这种东西。在福利院里我不需要用钱，我又天天宅着。外婆有时会悄悄给我一点零钱，可我平时也没用的地方。我挺喜欢闪亮的一元硬币，收藏在一个玻璃罐里。但是那些硬币后来用来买绘本了。所以我还是没有任何财产。

“你去过了是吗？”过了会儿我问小喵。

她耸耸肩

“也没有。”

“为什么你也没有？”我问。

“没想起来去呗，不高兴去。”

“那里有一条会表演的白色鲸鱼。”

“知道。”

“你不想去看吗？”

她耸耸肩膀。

“我经常梦见鲸鱼。”她看着窗外，轻声说，“有一种在天空飘浮的鲸鱼，它们仿佛小岛，背脊上有森林和小镇。我曾经短暂地住在那个小镇。我曾经做过这样一个梦。”

我看不懂她的表情，可是我忽然觉得她和我是一样的，至于是哪里一样我也不知道。我忽然想，我想带小喵一起去海底世界，只要我能买得起票。

这天我们从湖心小岛回来时，她的脸色有点发白，走路有点摇晃，跟一只跳摇摆舞的小熊一样，我问她怎么了。

“我不太舒服，小狗。”她说，“我等会可能要先回家了。”

她的包还在福利院里。我们要先回去拿包。也许正好是下午放学的时间，很多大学生从对面的大学门口出来。快走到校门口时，喵忽然停下来，一下子抓住我的手臂，非常用力，就仿佛她要摔倒了，而我是一根拐杖。

迎面走过来一对年轻人，应该说是一对情侣，正好从学校里出来。我不认识他们，可是喵死死地盯着走过来的人，抓我的手也越来越用力。

那个男的个子很高，一看就是个大人，戴着眼镜。旁边的女生挽着他的手臂。女生穿着很淑女的拖地长裙。长裙上是荷花的图案，公园的湖边盛开的荷花。两个人正在说话，都快撞到我们才停下来。

“老师好。”喵说。

他很意外地扶了扶眼镜，盯着小喵，好像认识她。

“你好，好久不见。”他说。

“你是她老师？”女生问。

“我实习的时候当过他们学校的老师。”他回答。

“哦，你们好。”女生说，“你们都是他过去的学生吗？”

喵没有说话。我觉得她身体很僵硬。

“忘了介绍了，这是我女朋友，”喵的老师说，“我们现在是同学，都在读博。你怎么在这里，不去上课来公园玩？”

“今天没课。”喵说。

喵的老师看见喵抓着我的胳膊，嘴角露出斜上的皱纹。

“呵呵，那你们是同学还是……”

“他不是。”喵一下子松开我的手臂。

“我不是她的同学。”我说。

“哦……你现在是快高三了吧？”他说。

“已经高三了。”她说，“而且保送了。”

“哪个大学？”

喵说了一个大学的名字。

“那是中国数一数二的大学，恭喜你。”他说，“带你们的时候，我就觉得你非常聪明。那时我就很喜欢你这个学生，我说过，有一天，你会超过我。”

喵不说话。我看见她紧紧咬着嘴唇。

他女友拉了他一下。

“不好意思，我们有事要先走了。”喵的老师说，“你有我的电话是吧？有事的话可以找我。毕竟我当过你的老师。”

“谢谢。”喵说，“再见，老师。”

他们两个人走了以后，喵还是在原地呆呆站着。

“小喵？”我叫了她一声。

她抬起头看着我，眼睛里所有的光亮都不见了，像是拔去电源的电视机。

“我们在哪里？”

“我们在福利院的门口。”我说，“你不舒服吗？”

她的身体在轻微发抖。颤抖从她的手腕传到我这边。

“我现在什么都看不见……”

她说话的声音沙哑得吓人，犹如乌鸦正从她的喉咙里飞出来。

“你在发抖。你是冷吗？”我问，“我们回福利院拿你的书包好吗？”

我扶着她往院里走，感觉就跟扶那些身体瘫痪的老人似的。不过她和老年人还是很不一样，她是年轻的女孩，身体像猫那样柔软，像花朵那样带着淡淡的香味，她以后才会成为年龄很老的人，在几十年以后。

她连话也不说了，身体基本上都挂在我手臂上。我半拖半拽地搀她回房间。

“药。”她说，“书包……”

我从椅子上拿起她的书包，帮她打开，书包里有书、本子、手机和一个白色的药瓶。药瓶上的字我看不懂，打开来闻闻味道，和我平时吃的药闻起来差不多。

“吃几粒？”

她好像听不见，我又问了一遍。她抬起两根手指，手指在发抖。

我倒了两粒药出来，倒了杯水，喂她吃药。喵的牙关咬得紧紧的，大部分水都流到了她脖子上，浸湿了白色的领子。

她在我的床上蜷成一团。

“要我去找人来吗？”

“我……休息一会儿……别叫任何人进来……”喵说。

我抱着她的书包退出房间，关上房间的门，依稀可以听见房间里的动静，床板在微微颤动，还有低微的喘气声和隐隐的哭泣声。隔壁的外婆不在房间里，可能去楼上二外婆或者三外婆那里串门去了。作家大叔不在，舒灵也不在。团长和老可怜在休息室下棋。两个同楼的老太太互相搀扶着在走廊健行。

我抱着喵的书包，背靠着墙壁，蹲守在门口。护工和别的老人经过时，我们互相看看。她们问我蹲在门口在干什么，我摇摇头。本来我就不是聪明的小孩，她们觉得我可能又在犯傻了，所以也没有放在心上，直接从门口走过去。负责点菜的护工停下来问我晚上要吃什么，有花菜肉片和木耳香肠，可惜没有喵爱吃的红烧肉和烤鸡腿。我要了花菜。

我抱着她的书包。书包上也带着她的味道。是一种闻起来很舒服的香味，但又跟所有的香水闻起来不一样。三外婆平时是用香水的，她的房间没有一般老人房间都有的老人味，但是香水的味道我闻起来只是觉得那是一种香味。而这个书包，却带着亲切的感觉。

中途书包在我怀里震动，我听见了电话铃声。我没有管。不久又响了一次。之后书包就安静下来了，像是在我怀里睡着了。

我把下巴抵在书包上，透过阳台的栏杆看天空的云彩。一群鸽子在居民楼之间盘旋，一会儿从这个居民楼飞起来，一会儿又绕向另一幢居民楼。在盘旋和飞翔之间，是回转的鸽哨声。我的视线随着那群鸽子起飞。一开始是9加7只鸽子，然后又增加了9加1只。晚霞在居民楼上的天空流转。天空从淡蓝色，逐渐过渡到淡金色。在颜色转向昏黄色前，鸽群随着鸽哨一起消失了。

我继续蹲坐在门口，腿有点麻了，就坐到了地上，一直看到天完全暗下去。

“狗狗……狗狗……”房间里有很轻的声音，“你在吗……”

我站起来，打开门进到房间里。

喵已经醒过来，低垂着头，抱着手臂坐在床边。床单都皱了起来，枕头旁边一片狼藉。

“……我吐出来了，弄脏了你的床单，”她低声说，“对不起。”

“没什么关系，护工会帮忙换床单。明天洗干净就行了。”我说，“这里有的老年人大小便会失禁，会弄脏床单，跟婴儿一样要用尿不湿，所以你不用担心。”

她有气无力地垂下手臂，撑住身体。

“你是生病了吗？”我说，“你的药闻起来和我的药一个味道。”

“我和你说过我有时会犯迷糊，头疼什么的。”她说，“读书用脑过度的关系。”

“你刚才眼睛都看不见东西了。”我说，“我觉得你最好去看看医生。”

“我有没有病关你屁事！”她忽然发起来火来，“你管我啊！你有本事帮我把病看好啊！你自己明明就是个笨蛋什么都不懂，还有心情管别人！别可笑了！”

我不知道该说些什么，心脏像是往后退缩的小动物。

她发完火，挣扎着站起来，拽了两下床单。我帮她把床单拽起来，揉成一团丢在一边。

“……有你的电话，你刚才在休息。”

她打开书包，取出手机看了看，手指在屏幕上划动了两下，把电话放在左耳边。

“嗯……刚才没听见……你们先吃吧……那个情况又来了，现在好了……我马上回去……不用，我自己可以打车……”

她挂上电话。

“你要走了吗？”我问。

“难道和你一样留下来住这里？我又不是孤寡老人！”

“我是说，你的身体走得动吗……”

“要你管，我打车回去。”

她去洗手间洗了把脸，又漱了漱口。现在她看起来就是脸色白了一点。

下楼的时候她没有再要我扶，走到院门口，一辆橘黄色的出租车正好开了过来，喵伸出手招了招，出租车停在我们面前。她从我怀里拿过书包，上了后座。

“再见，小喵。”我说。

她关上车门，没说一句话就离开了福利院。

第十七章　属于你的雨天

晚上，我陪外婆看完了新闻联播和天气预报。天气预报说明天午后会下雨。我不知道电视说的是不是正确，明明今天下午的天气还很晴朗，鸽子还在天空飞翔，但既然电视里说明天会下雨，那大概是会下雨的吧。毕竟它没有必要骗我，而我又不是非常不喜欢下雨。

看完电视回到自己屋里。护工已经把那团脏床单拿走了，顺便帮我换了新的枕头套，在走廊里遇见时还问我是不是前两天喝醉了到现在才吐。床上铺了新床单，我一时有点不太适应。我趴在床上一直安不下心来睡觉，手机一直握在手里，随时准备打开来看，但是它一直安安静静的，仿佛一直乖巧地睡着，这样过了很久我也迷迷糊糊地闭上了眼睛。

手机铃声很晚才响起来。我揉揉眼睛，然后打开翻盖，放在耳边。

“小喵，是你吗？”

“……”

“喂？”

过了一会儿，从很远的地方传来弱弱的声音。

“对不起，狗狗……我不该对你发脾气……你生气了没有？”

“我不会对你生气，不管是什么事情……你是因为生病不舒服吗？”

“是的，我今天不太舒服。”她说，“我脾气不好，经常控制不住自己。”

“你还爱吐槽。”

“是的。”她在那边轻声笑了，“我经常吐槽你。我现在也就只能吐槽一下你啦。”

“你现在感觉好些了吗？”

“好很多了。”

“那你明天还过来吗？”我说，“天气预报说明天下午会下雨。

“明天我过来的，”她说，“我要先去见一个朋友。”

“可是明天要下雨。”

“天气预报从来就没准过，就跟电视新闻一样从来都是反的。我三点过来找你。”她说，“就这样吧。我先睡了。晚安。”

“晚安。”

我把手机放在枕头边上，关掉台灯睡觉。

第二天早上还是晴空万里，但是等我们吃了午饭，天气开始有点不对劲了。天色变阴，风渐渐带上凉意，护工收起了晾在楼下的衣服。我不无忧虑地看着天空的变化。果然，到了老人们午休的时候，就有雨点掉了下来，简直像是给午睡的人伴奏一样。而且越来越绵长，到午休结束的时候，雨水已经连绵得如同墙上的山水画。

看了看手机，三点已经过了一刻钟。喵还没有出现。也没有电话和消息。我试着给她发了条信息。

||(╯﹏╰)|||

旁边的竖线是下雨的意思。我想告诉她下雨了。但是她没有马上回短信。

过了十五分钟，我又发了一条。

(⊙_⊙)?

喵，你怎么了，你现在在哪里？

你现在在哪里？

没有回信。又过去了十五分钟。

我找到她的号码，也是手机里唯一的号码，给她打了过去。电话打通了，耳机里传来“嘟——嘟——嘟——”的声音，就跟雨水打在地面一样的节奏。

电话里的声音断掉了，而雨还在下。

我找到一把伞，一把平时看起来像是老年拐杖的黑色雨伞，换上出去穿的球鞋。到楼下打开雨伞，和门卫伯伯说了我要去公园后，我走出福利院的大门。

外面在下雨，你在哪里呢？你是在哪儿躲雨吗？

我漫无目的地走在下雨的街道上。几辆自行车响着铃铛从对面大学的校门口跑出来，雨披下摆被风刮着，好像雨中的风筝。一辆橘黄色的出租车轧进路边的水洼，向旁边溅起了水花。举着蓝色雨伞的阿姨刚从便利店出来，又忙不迭退了回去。一个比我年龄小的男孩和一个打透明伞的小姑娘走在雨中，女孩一个劲地把伞往他那边凑。一个行色匆匆的大叔从出租车上跳下来，把公文包举在头顶，冲进了火锅店。几个年轻的大学女孩从校门里走出，一边发出笑声。可是我看不懂任何一个人脸上的表情。

我站在校门和街道的交叉口，不知道应该往哪边走。

直到看见雨伞下的红格子短裙。

然后我看见了他们。

他们打着同一把伞。在学校通往门口的道路上慢慢向另一条路走着。那把伞很大，展开了一个完美的角度，犹如一个宁静的小屋一样把两个人的身体都罩住。雨水从伞的边缘沿着金属的伞尖流下，仿佛是一串串连到地上的吊坠。

打伞的人个子很高，而且瘦瘦的，好像本来就是伞把的一部分。戴着一副眼镜的伞。他很轻松地用右手撑着那把大伞，避开雨水，很轻松地和她走在校园里。她要侧过面孔，抬起头才能和他说话。我看不见他的脸，我只看得见她仰起的侧面，可是我看不懂她面孔上的表情。她也许在笑，也许没有笑，可是我不懂。

我只能看清他们身体的动作。

他稍微弯下腰，左手拉起她的右手。她整个手臂一甩，把他的手甩开了，差点连自己的身体都甩出伞的外面。他停下来和她说话。她摇头，只是在摇头。但是当他又一次拉起她的手时，她犹豫着没有再挣脱。他们停在一棵高大的银杏树下。

我喜欢银杏树。银杏树的树叶样子很好看，秋天的时候它会变成红色。每到秋天，外婆都会到公园里捡落在地上的树叶，夹在我的绘本书里。她说银杏树的寿命很长，所以都是老人树。而我喜欢老人和老人的树。

他们在银杏树下撑着那把伞，面对面站着。伞遮住了两个人的面孔。雨水从银杏树的枝叶间滴在伞面。我看见他把她拥在怀里，一边抚摸她的脑袋，像是在安慰她一样。她是在难过吗？我不知道。她只是像一个没有生命的布偶那样把头埋在对方怀里。

过了一会儿，她终于抬起头，然后推开他，扭头离开。他在后面看着她，但是并没有跟上去。直到她走得很远了，他还是一动不动举着伞站在银杏树下，仿佛一把撑开的高高瘦瘦的伞。

喵低着头向我这边走来，却好像没看见我一样，笔直地从我身边走了过去。我不知道应不应该叫她，所以只好跟在她身后一起走。

她身上都被雨水打湿了，白色的衬衫都贴紧了皮肤。头发也变成一缕缕的，往下滴着水。

她就跟刚从水里上来的小美人鱼一样，只不过她没有鱼尾巴，头上也没有戴着海藻做的头饰。

喵站在雨里，仰起面孔，紧紧闭着双眼，泪水和雨水一起从眼角这里滑落下来，她用手背抹掉脸上的泪水和雨水。一开始我不知道，直到听见她在雨里的哭声。

我走到她旁边，帮她撑伞。她的眼泪就跟这个雨天一样，流个不停。

“小喵。”我叫她。

她不回答我，只是在那里抹眼睛。

“你怎么了？”我说。

“不要你管……”她说。

“你别站在雨里。”我说，“淋雨会生病的。”

“那就死了算了。”

我不知道该怎么办，只是给她打伞。我想等雨停了就好了，也许雨停了她就不会再哭了。但雨看样子和她的眼泪一样不会停下。我想了想，把伞收了起来，让自己和她一样站在雨水里。

过了会儿她发现了。

“你干吗不打伞？”

“我们是好朋友。”我说，“好朋友应该一起淋雨。”

“我怎么会有你这么笨的朋友啊。”她哭着说，声音很悲伤。

附近打着伞经过的学生都在看我们。喵肿着眼睛往旁边看了看。

“你把伞撑起来，你跟我不一样，生病就麻烦了。”她说，“我们别站在这里了。”

“你要回家吗？”

“这个样子没办法回家。”她说，“你那里有干净的衣服吗？”

我点点头。

我们打着伞回到福利院。到房间门口，把伞撑起来放在门口的地上。

她身上的衣服都湿透了，连裙子都在往下滴水。我没有淋几滴雨，身上衣服还都是干的。

“给我几件干衣服。”她说，“我们两个个子差不多高，我应该可以穿你的衣服。”

我比她高一点，不过只是一本书的厚度。

“你要穿什么？”我说，“我可以去外婆那里拿她们年轻时穿的裙子……”

“我又不是老太太，你的衣服就可以了。”

我把抽屉里的衣服都翻了出来，喵从里面挑了一件蓝色的T恤，还有一条白色的沙滩短裤。说是沙滩裤，可是我从来没有在沙滩上穿过。

“有干毛巾吗？我要先擦干。”

我从洗手间找到一条干的浴巾递给喵。

她接过去，先擦了擦头发，把毛巾搭在椅背上，开始脱衣服，先解开衬衫的蝴蝶结领结，然后解开衬衫的纽扣。她的衬衫一共有四粒纽扣。解开最后一粒时，她奇怪地抬起头，盯着我看。我也在看她。

我们面面相觑地对视了一会儿。

“怎么了？”

我觉得莫名其妙，为什么她脸红了？

“我在换衣服！给我滚出去！”

她随手抓起绘本和衣服什么的砸过来。我吓了一大跳，连滚带爬地逃出房间。

房门砰地关上了，两本绘本掉在地上。我拾起书抱在怀里，蹲在门口。心脏还在扑通扑通直跳。

她生气的时候我是真的很害怕。

我蹲在门口看连绵不绝的雨，试图数出一百下心跳时间里有多少颗雨点掉下来，但是这好像很难。

“喂，狗，还在门口吗？”房间里说。

我小心地推开房门，做出随时逃跑的准备。

喵正在用梳子梳头发。头发看起来擦干了，她换上了那件蓝色T恤和那条沙滩裤，现在蜷着光腿靠墙坐在床上。

“我可以进来吗？”我问。

“可以进来了。”

她用梳子拍了拍床沿。我走过去坐在那个位置。

“你的头发也湿了，过来，我给你擦干。”

她拿干毛巾揉搓我的脑袋，帮我擦干雨水。我在毛巾下面龇牙咧嘴。

“别乱动。”她说，“乖一点。”

“你的力气很大。”我说。

“当然了，我运动神经好，参加过学校的体育队。”她说，“我是个能吃又能打的姑娘。来，接下来自己擦干。”

我用毛巾自己揉自己的脑袋，一边看着喵的脸。她的眼睛还肿着。

“这件T恤挺合身的，借给我穿两天。沙滩裤也一起借我。”

“好的，你身上都湿了。”我说，“现在冷吗？”

“你这里有可乐吗？”她问，“生姜有没有？”

可乐没有，但是我找到了一袋姜糖，是上周来福利院探望老人的义工送来的。

我们用开水泡了姜糖。手抱着杯子慢慢喝。喝了姜糖水的肚子暖融融的，身上的感觉也好多了。

“你刚才怎么了？”我说，“是有人欺负你了吗？”

“哪里有人敢欺负我，我不欺负别人就不错了。”

“我看见你哭了。”我说，“你那时是在难过吗？”

“那是雨水进了眼睛里。眼睛被刺激了才会掉眼泪的。”她说，“就跟有人迎面打了你鼻子一拳，你明明不想哭可是眼泪还是会掉下来一样。”

“是吗？我没有被打过鼻子。”

“要不要试一下？”她问。

我忧虑地看着她举起的拳头。

“打人是很不好的，就跟打仗一样。大家要讲道理，以德服人。”

“算了，我不欺负你了。”她放下拳头，“你也太好揉捏了。而且你什么表情都看不懂。你什么都不懂。”

两个人默默喝姜茶，听雨声。

“今天你都看见了什么？”她问。

“我没看见什么。”我说，“我看见下雨了。”

喵放下杯子，抱着腿，下巴顶在膝盖上。

“我和你说过，我来这边是因为有个朋友在附近上学。”

“我记得。”我说。

我记得你说的每一句话。

“我给你讲个故事吧。”她说，“可是我不知道你能不能听懂。”

我点点头。于是，就和以前一样，她给我说了一个故事。

从前有个很普通的中学女孩。虽然她成绩很好，考试分数总是名列前茅，可是，她并不觉得自己聪明，也不觉得自己好看。她只是擅长考试，对未来和其他的事情都一无所知。有一天，学校里来了一个实习老师。一个高高瘦瘦、斯斯文文的年轻人。这个年轻的老师既不像女孩周围的同龄男生幼稚，又不像学校里的其他老师那样一本正经。他会弹吉他，会画画。他告诉这帮愚蠢的中学生人生最好有不靠谱的梦想。他是一流大学的毕业生，却总是以玩世不恭的口吻说大学只是谈恋爱的地方。因为他是那么不同，每个学生都喜欢他。他是学生们的偶像，也是她的偶像。

这是这个中学女孩第一次喜欢一个人。她一定是没有掩饰好这一点，让每个人都从她眼里看出了破绽，也包括她喜欢的人。也许他没有理由不喜欢这个学生。年轻，娇嫩，幼稚，聪明，敏感，那些东西他以前曾经有过，但是现在，他只是个玩世不恭的老师。在实习的期间，他们是最好的朋友。我同情今后所有喜欢你的男孩，他笑着说，因为你是这样一个漂亮聪明、引人瞩目的东西，你一定会让他们很难过。女孩问他，你也会这样吗？她的老师笑了。你是我最喜欢的学生，现在已经是了。有一天，你会超过我这个老师。

实习期结束后，他就离开了她的学校，甚至没有再和她联系。她从别人那里听说过他的一些消息。知道了他的学校在哪里，于是她特意去那里看了看。其实她并没有想真的遇到他，但是没有想到的是，真的遇见了。

"……那么他们见到对方了，是吗？"

"是的，又见面了。"她说，"但这不是故事的关键。"

"很多事情我并不懂。"我想了一会儿，说，"我一直生活在养老院里，不是很明白外面的人是怎么生活的。"

"因为你是个宅男，很宅的那种。"

"我在这里认识了很多人……大多数都是老人。你知道，有的人住进来不习惯，又搬走了。大部分的老人从此就留在这里，一直到……最后一天。"

"你想说什么？"

"一个人只要在你的生命中出现过，就像你人生线条上的划痕，或多或少，都会对你的人生产生影响。只是我们不知道这种影响对我们生命的意义，只有很久以后才会明白。"

"你什么时候变得这么有哲理了？"喵说。

“……这不是我说的，这是作家大叔说的。也不是他亲口和我说的，是舒灵小丫头看了他写的书告诉我的。我觉得他说得很有道理，因为我在画画的时候，就觉得线条之间会互相影响，然后才会变成一幅画……”

“有时候我不知道你是真的弱智还是在装傻。”

她叹了口气，摸了摸我毛巾下的脑袋。我咧开嘴，对她笑了笑。

“你不笑的时候，看起来是个正常的男孩，”她说，“可是你一旦笑起来……**你笑起来像个白痴。**”

我忽然觉得心脏刺痛了一下。很小的刺痛。像被一根针扎了一下。

“你对我一无所知，你对我什么都不了解。”她说，“你连我什么心情都不知道。你到底了解我什么？”

我仰头看着天花板，在心里默默回忆。

“206……327……”

“你在嘀咕什么？”

“没有什么……”我轻声说。

喵凝视了我一会儿，像是想直接看出我内心的想法似的，过了会儿，她把头埋在臂弯里。

“……你什么都不懂……”

她不说话了。我等待了一会儿，却只能听见房间外面的动静。外面的雨声现在已经听不见了，只有屋檐往下滴水的声音。

“雨好像停了。”我说。

“我要回去了，今天本来就不该出来。”

她收拾了她的湿衬衫和湿裙子，包在塑料袋里带走。

“明天你过来吗？”

“我想在家里休息几天。另外要回学校看一下。”

“以后你不来了是吗？”我低下头。

“我不知道什么时候会过来。我不知道什么时候我才愿意出

哥舒意 著

中国孩子

爱的三部曲之二

门。”她说，“如果你有事找我，可以用手机打电话给我，还有短信。可是我不一定会接你的电话，也不一定会回你的消息。”

“为什么？”我问。

“因为我是个女孩。”她说，“在我心情不好的时候，我有这种任性的权利。而我经常心情不好。”

第十八章

我梦见我是一条海豚

那几天都在下雨，仿佛快要把一整年的雨都下完了。

我喜欢下雨的世界。看的时间长了，就好像那些雨点从来没有落在地面上一样，它们每一个都静止在空中，带着一种无法述说的悲伤。就好像一个六岁的女孩在公园里和父母走失了，哭起来那样。我眨动了一下眼睛，那些雨点纷纷落在了地面上。有的雨天翻起了尘土的味道。

在我的想象里，毫无消息的喵变成了一朵阴暗的小蘑菇，所以不愿被任何人打扰。我每天早上起床以后，先要对手机发一会儿呆，才去洗脸刷牙，去吃早饭，和老人一起做关节操。

每天下午的时间是最难以度过的，因为平时这时喵已经来到了福利院，和我聊天，或者去公园看风景。现在我每天好像空出来了一段时间。我有点奇怪自己以前是怎么度过悠闲的下午时间。现在的悠闲对我来说已经不再是悠闲。

只有默不作声的手机陪伴着我。

我尽量不去打扰她。只有到晚上，陪外婆看完新闻和连续剧，回到自己的橱柜大小的小屋子时，我靠在床上，耐心地用那些符号画出有趣的表情来，然后按发送键。等待其实是一件很享受的事情，因为等待意味着希望。我想，这也是为什么失去主人的秋田犬会一直在车站原地等待着主人的回来。

那个电影是我和喵在某个下午一起看的，并且哭得稀里哗啦。电影结束时她一边拍着我的脑袋一边说你也是条忠诚的小狗吗？

“如果我不小心死了……呸，呸，”她吐了吐舌头，舌头和幼猫的鼻尖一样是粉红色的，“我是说如果有一天我去了某个地方再也不回来了的话，你别像它一样傻等啊。你要做你自己的事情，寻找你的同伴，快快乐乐地生活。”

“我现在就很快乐。”我说。

她满意地点点头，笑了。

不过不是每次等待都有收获。至少前两天的短信都没有回音，直到第四天，我发短信过去的时候，她才有了回信。

(>^ω^<) (~﹁~)~zZ ?

我的意思是，喵，你睡觉了吗？

(╯﹏╰) 她回答。

从符号表情来看，她的心情大概还是不好。

想了很久，还是不知道应该怎么样才能让她的心情好起来。

我给她打电话，可是她没有接。于是我默默地放下了手机。

我给手机充满了电，这样晚上就不用关机了，就不会漏接她的电话。

我记得你，妈妈。睡觉前，我对窗台上那颗七岁的仙人球说。然后我闭上眼睛，和周围的老人们一起，沉入了梦乡。

我梦见我是一条海豚。在一片深蓝色大海里一直往前游，可是我找不到自己的伙伴。我找了很久，忽然我看见海里有个游泳的人。有个身穿白色裙子的女孩在海里游泳。我们渐渐靠近了，互相看着对方的眼睛。可是，我读不懂她脸上的表情。

因为她是女孩，而我只是一条海豚。

第六天的下午，作家大叔问我要不要跟他和舒灵一起吃饭。

“你这几天一直没精打采的，是不是食堂的菜不合口味？”舒灵说，“我们正好要去吃肯德基大爷，你跟我们一起去换换口味吧。”

“院长说那些是垃圾食品。”我说。

“有时候垃圾食品吃起来更美味。偶尔吃一点没关系。”作家大叔说。

“就是，何况你都喝过酒了。”舒灵说，“你跟着长腿妞学坏了，你成了个不良少年。”

“喝酒和喵没有关系。”我马上解释，“是团长他们带我喝的。”

“哦，是那两个不良大爷。”舒灵小丫头耸肩，“难怪。”

我和他们去了福利院最近的一家肯德基。一个留白胡子挺着肚子的老先生站在门口迎客，怪不得新闻里一直说美国人很可怜，年纪这么大了还在打工。他应该和我们一起在养老院里过日子，我想。

作家大叔点了三份汉堡套餐、六对炸鸡翅、四份鸡块、两份蔬菜沙拉和奶昔。舒灵小丫头说不喜欢汉堡，于是用一份鸡腿汉堡和我交换了鸡翅。我倒挺喜欢吃的，虽然现在胃口并没有那么好。两份汉堡应该还可以。

“我小时候连这种垃圾食品都没有。”作家大叔说，“大概是我十岁的时候第一家肯德基在外滩开张，然后是麦当劳。在很长一段时间里，我觉得这是世界上最好吃的东西。”

“现在还是吗？”舒灵问。

“现在不是了。”他说，“只是很平常的一顿饭。就跟大饼油条一样。第一次来吃的滋味现在也差不多都忘了。好像再也没有那种感觉了。我只记得是外婆带我来吃的。”

“我也是。”舒灵说，“是外婆带我来吃的。你呢，狗狗？”

“是我妈妈。”我说，“六岁过年的时候，她带我来这里。”

我记得她只点了一份汉堡，全部都给了我，自己只喝了几口可乐。在我吃完汉堡以后，她把漏在盒子里的几片生菜叶子挑出来吃了。我们很少去吃快餐。直到她去世的时候，一共只来过四次。但是每一次我都记得。

“我小时候和舒灵的妈妈一起来这里。”作家大叔说，“舒灵的妈妈眼睛看不见，所以必须有人带她去店里才行。而她又特别喜欢收集儿童餐的小玩具。”

“真的？”小丫头问，“可是我从来没有见过那些玩偶。”

“可能弄掉了吧。我也不知道现在它们去了哪里。毕竟我有很多年没有见过你妈妈了。我最后一次见她的时候，她还是个年轻的女孩，还没有成为你的妈妈。”

“我想也是。”舒灵点点头，说，“我以前都不认识你。”

作家大叔吃完最后一块汉堡，收拾了下盘子里的纸盒子。

“我去买点东西，有点事先回去，你们慢慢吃完再回去，行吗？”

“行。”我和舒灵说，“放心。”

作家大叔站起来去柜台那边，排队买了份儿童套餐。我们看见他把一个白色哈罗凯蒂猫装进打包的袋子里，然后走出了快餐店。

“我想他是回福利院。”我说。

“我想也是。”舒灵小丫头说，“我们慢慢吃我们的。”

我和舒灵慢慢地啃剩下的鸡翅和鸡块。

“你从来没有见过你爸爸是吗？”我问舒灵。

“嗯，一点印象都没有。好像是在我出生以前就不在我家了。”舒灵舀了一勺奶昔，说，“外婆还在的时候，我问过她，但她老人家说等我长大了再告诉我。可是没等我长大，她就去世了。”

“也找不到照片？”

“我找到一张妈妈还是小姑娘的时候和一个小男孩的合影，旁边还有外公外婆。可是我吃不准那是谁。可能只是妈妈小时候邻居家的孩子。长得不咋的，身上衣服脏兮兮的。”

“也许长大了就会好看，”我说，“爱华外婆说小时候长得不好看的孩子，长大了未必不好看。”

“可是我妈妈小时候就很好看，而且……”

小丫头捏起一根薯条在手上晃悠。

“我越看越觉得那个小男孩和大叔的样子很像。也有可能小男孩的脸都差不多。头发乱，脸上脏。一脸谁都不疼爱的表情。谁能想到，小屁孩也有成为大叔的一天？”

我们啃完鸡块喝可乐，喝完可乐舀奶昔。

“那个，作家大叔会不会是你的爸爸？”我问。

舒灵举个空杯子，半天没有吭声。

“我不知道他的情况。他也从来没有提过这方面的事情。我只知道他单身，是个作家。那本他送我的书我也读完了，我喜欢他的故事，故事里有打动我的地方。可是……”

“可是什么？”

“我不希望作家大叔是我的爸爸。”她说。

“为什么？”

“因为我喜欢他。”小姑娘托腮说，“可是我说不准会不会喜欢自己的爸爸。我又从来没见过他，从一生下来就没见过。我和妈妈都习惯没有他的生活了。如果有一天那个是我爸爸的人突然回来了。我……我不知道自己是不是一直在恨他。因为他从来没有和我们一起生活，从来没有陪伴我，从来没有给我讲故事，从来没有带我去玩，从来没有来照顾过妈妈……所以，你明白我的意思吗？与其是那样，我宁愿有个对我很好的大叔。”

“我觉得……他很喜欢你，和你妈妈。”我说。

“如果他不是我爸爸，我就不会对他有很多要求。我会对他这么长时间以来对我和妈妈的照顾而喜欢他，感谢他。可是如果他真的是我的爸爸，那一切就完全不对了，就像刚搭好的积木被推倒了一样，轰，全都坏掉了。”

“那他最好不是你爸爸。”我想了想，说。

“但我也不希望我爸爸是别人。比起别人来……我还是更愿意是他。所以最好还是保持原样。大叔和萝莉的二人组。”

吃到最后还剩下两对鸡翅和一份鸡块没吃完，只能打包。

“要是喵在就好了。她那么爱吃肉，一定一点都不会浪费。我们可以叫个全家桶带回去吃。”舒灵惋惜地说，“这几天怎么都没见到她，你们是吵架了吗？”

“我不知道我们是不是吵架了。”我说，“她好像心情不好。”

“作为朋友，给你个忠告，如果是吵架，不管谁对谁错，最后你都要跟她道歉。”

“为什么？”

“以我身为女孩这么多年的经验来看，如果你失去喵这个朋友，你会一辈子后悔。”舒灵竖起食指，说，“她将是你这辈子遇到的最聪明、最萌、最性感的……长腿妞。明白了吗？”

我犹豫了一下，点了点头。

第十九章 第一份收入

隔天上午，我正在自己房间里练习线条，听见有人敲门。抬头一看，作家大叔站在门口，手里拿着一叠东西。

“你好。”我说，“你找我吗？”

我感觉他笑了。

“是的。我有事找你。”作家大叔说，“我有东西要给你。”

“我这里什么都有，你不用再送我东西……”我不好意思地说。

“不是送给你，是本来就是你的。你看一看。”

他递给我一本杂志。杂志封面是一个姑娘的笑脸画像。翻开来里面每一页都是彩页，每一页都有文字和……彩色插图。

“这是一本绘本杂志。”他说，“你翻到第六十二页。”

页码每一面的正下方。62。

我翻到第六十二页，看见了一幅挺眼熟的图画。一个男孩拿着一本书在星空下行走。因为他在流浪，他喜欢的女孩变成了一本书。

往后翻还有，一共是四幅。这是……我的画？

“这是我画的吗？”我抬起头问。

“我把你的画，和故事一起寄给了这个杂志的编辑。”作家大叔说，“她也喜欢你的插图。因为你和所有其他插图作者的风格都不一样。”

“我不会画画。”我觉得很羞愧，“小孩子都比我会画画。他们比我聪明……”

“编辑可不是这样对我说的。她希望你以后继续给他们杂志画插图，另外还想看你所有的作品。”作家大叔说，“你愿意继续画吗？”

“如果你们不讨厌的话……我当然愿意。”我说，“我可以留着这本杂志吗？”

“当然可以。你现在是它的作者。”

我把杂志抱在怀里。作家大叔见状微微一笑。他刚离开没两步，又折回了房间，给我一个信封。

“差点忘了，还有这个。”

“这又是什么？”我问。

“这是稿费。”他说，“你的劳动所得。”

800。

这是我第一份收入的数字。第一次劳动所得。

信封里是八张粉红色面值的人民币。每一张上面都有一个数字100。

我不清楚这到底是多大一笔财富。舒灵建议我全部换成一元的硬币，这样看上去就更多了。

如果没有记错，十年以前，这是我妈妈一个月的工资。我在她的工资条上看见过这个数字。这是她每天很早起床，在轰隆作响的纺织车间工作一个月的全部收入。而院长办公室墙上有福利院的价目表。老人公寓住院费每个月是2000。

“八百元真的不算很多，上学都上不起。”舒灵说，“我每个学期的学费至少是这个的三倍。”

好在我不用上学，所以这笔钱怎么用都可以。

“你有什么打算？”小丫头问。

我想了一会儿。

“海豚。”我说。

“海豚？”

“我想去海洋世界看看那条白鲸。”我问舒灵，“你想一起去看吗？”

“我们上个月刚去看过。我，妈妈和作家大叔。”

舒灵耸肩，低头写她的作业去了。

我又考虑了一会儿，用手机给喵画了条消息。

<。)#)))

直到晚上，喵才回了个问号。

?

我又发了条。

☎?\

她回。

(ˇ ? ˇ)

于是我拨打了她的手机。嘟了很长时间，长得我以为要断掉了，电话通了，但那边并没有说话。电话那边静如海底，电话信号像海螺一样有波浪的回音。

“是你吗，小喵？”

“……”

“你好些了吗？”

“……”

“你可以听见吗？”我说，“是电话坏了吗？”

她在那边轻轻吸了下鼻子。

“为什么给我发条鱼……”她说，“鱼是什么意思？”

“那不是鱼，那是条白鲸。”我说，“我在手机上画不出白鲸。”

“……为什么是白鲸？”

“我们去看白鲸好吗？公园里那条极地白鲸。”我说。

“为什么我要答应和你去看白鲸？”

“因为……你带我看过电影。”我说，“而且你还没有看过那条白鲸，你上次说，你也没有去那个海洋世界玩过。”

喵在那边沉默了一会儿。

“我是没有去过，但我去过别的海洋世界，比方说浦东的那家，虽然那里没有白鲸。”

“那我请你去看白鲸……”

“你请我？你哪来的钱。门票不便宜的。”

“我刚刚拿到稿费。”我说，“有八百块，足够买门票了。我去看过，门票只要一百七十元，我们可以买四张门票，还多出一百二……”

“这又是怎么回事？什么稿费？”

“这是另一件我想告诉你的事情。”我说，“有个绘本杂志用我的画来给作家大叔的故事配图，你也看过那几张画，是讲……”

“信号不好，我在电话里听不清楚。”喵在那边说，电话的声音沙沙的，“你见面再告诉我好了。不过我很为你高兴，狗狗。”

“我给你看杂志。”我说，“那你答应去看白鲸了吗？”

“戳笨狗……”她在那边轻声说，“臭狗笨狗垃圾狗，对你一点办法都没有。”

第二十章　海洋世界

她穿了一身的白裙子，黑色的长袜一直到膝盖，鞋子是白色的运动鞋，可能因为是平底鞋，所以人看上去也小只了很多。她还带了学生证，说是买票的时候会便宜一点。我看了看学生证，照片上的她更小一点，脸也圆一些。

“你好像瘦了。”我说，“下巴都变尖了。人也变小了。”

“像小萝莉了是吧。”她说，“你喜欢小只些的姑娘？”

我困惑地点点头。我觉得自己已经很久没有看见小喵了。上一次见她是在遥远的一个星期以前。她的样子好像跟过去有所不同。

我们排在一长溜小红领巾后面，他们的老师在最前面买票。小学生们叽叽喳喳地说话，感觉比一群麻雀还要热闹。等票一买好，呼啦一下子就从入口进了馆里，两个老师一头一尾看住他们，维持秩序。

我买了两张票。170＋（120＋喵的学生证）＝290。

我问卖票的女孩，白鲸是不是也在这里表演。女孩说白鲸表演在白鲸馆，要沿着湖再往前走十五分钟，下午的表演要到两点半才开始。

“还有一个半小时，我们先进海洋世界慢慢晃好了，”喵说，“看完再去看白鲸。”

于是我们跟着红领巾小学生从入口处进了海洋世界馆。

一进海洋世界的通道，灯光就变暗了。通道两边嵌着发亮的玻璃水箱，五颜六色的小鱼在水草间游动，有的是通体红色的，有的像是透明的蓝玻璃，都只有指头大小。在水箱旁边贴着我看不懂的说明标签。喵看了标签告诉我蓝色的叫“玻璃海象”，红色的叫“红尾玻璃”，半蓝半红的叫“红绿灯”。“神仙鱼”长着长胡子，“红鼻剪刀”真的像一个长了红鼻子的剪刀在游动。

“那这个长得像黑青蛙的是什么鱼？”我指着另一个玻璃箱的底部问喵。

“笨蛋，那就是青蛙，亚马孙雨林来的。”喵说。

通道转弯，我们看见一个戴帽子的女孩蹲在橱窗里照顾一只趴在沙子里的小耳朵兔子。女孩头顶的树桩上立着一只红色大鹦鹉。喵说那兔子是只龙猫。

“不像猫。”我说。

“龙猫不是猫。”她说，“是啮齿类动物。”

“那女孩是什么动物？”我问。

“那是饲养员……”她说，“你再说这样的冷笑话，就把你关进去和龙猫做邻居。”

红色鹦鹉不知道是不是听见了我们说话，嘎嘎地笑了两声。

前面的橱窗里是六条水獭。喵说标签上写这是水獭一家，年轻的水獭爸妈带着四个小家伙，老大爱吃虾仁，老二是多动症，小三爱攀岩，最小的爱黏人撒娇。这一家正在窝里挤在一起午睡。

“我要是也有兄弟姐妹就好了。”喵说，“我想要个小哥。”

“你家只有一个喵吗？”

“现在小孩不都是独生子女嘛，你不也一样。”她说，“要是以后我结婚了，我要生两个小孩。一个哥哥，一个妹妹。哥哥负责保护妹妹，谁欺负妹妹，哥哥就出手揍他。”

我想象不出小喵当妈妈的样子。前年春天，一只流浪猫妈妈在福利院的花园里生养了一窝小猫。小猫很可爱，伸着粉红的爪子到处爬，我和外婆每天都拿自己的饭去喂它们。它们都认识我。福利院不能养动物，它们被外面来的义工收养走了。

通道里比外面要闷热，走了一会儿就出汗了，石头垒成的地面潮湿黑暗，台阶凹凸错落。再往前走是幽深的大水池，隔着水池的玻璃可以看见里面游动着许多大鱼。它们长得奇形怪状的，有的扁平如同水盆，有的身上都是白色圆点，有的鼻子像刀片一样竖起来，有的鱼鳞像暗红色盔甲，还有的皮肤如同古老的岩石。它们有个共同的特点，几乎所有的鱼体形都比我和小喵大，简直和生活在水中的大象一样。

事实上其中有一种就叫做海象鱼。

我站在台阶上看水池里鱼的背鳍。又弯下腰从玻璃隔层看鱼的正面。一条长得又丑又凶的巨鱼向我冲过来，鱼背像礁石一样划破水面，比人还要长的身体撞在玻璃上。我吓了一跳，赶紧往后退开，可是脚下一滑，差点摔倒。喵从旁边拉住我。

“这里很滑，你小心点。”她说，“别把手伸到水池里，这些都是肉食性鱼，你还不够它们塞牙缝的。”

“我看不清楚。”我说。

“你那眼神，就连狮子在你跟前都认不出。”

我想说狮子到我跟前我还是认得出的，但是又觉得最好还是不要和容易生气的小喵顶嘴。

小喵的叮嘱是对的，我小心地和水池里的鱼保持距离。在第二次差点滑倒后，喵拉住了我的手。我安静地走在后面一点的地方，由喵在前面领着我。我们继续游览，到海洋馆后周围明亮了很多，光线透过透明的蓝蓝的海水，连地面都变得明亮。整面的落地玻璃把我们的世界和大海的世界隔开，背后的墙上是动画片里小美人鱼和王子在一起的海报。

两只圆鼓鼓的海龟一路跟在游客后面游动，还有长得像小丑鱼尼莫一样的漂亮小鱼在窗子里游来游去，还睁着圆圆的眼睛好奇地望着我们，当我们停下来观察它的时候，这条金色的小鱼也逗留在玻璃那边和我们对视。我觉得它的嘴角和我们一样翘了起来。然后它挥动了几下鱼鳍，绕过水底的黑色铁锚，游走了。接着另一条皱着眉头的面团鱼不屑地从我们面前游过。圆滚滚的刺豚鼓着腮帮子，仿佛是在生着闷气，身上的刺都没竖起来。一群粉红色的小鱼在另一个玻璃窗后面快乐地跳舞。

她拽了一下我的胳膊。

“看，鲨鱼宝宝。”

一条黑色的小猫鲨在写字台大小的玻璃水缸里，从鼻子到尾巴尖和一支铅笔差不多长，看起来像刚出生不久，悄悄躲在石头后面，似乎随着我们的视线随时准备逃跑。我们趴在玻璃缸边上看着小鲨鱼。

“看起来比你还要胆小。”

“可以摸摸它吗？”我问，“它不会咬人的吧？”

“你摸了它，它爸爸妈妈会来咬你的。”

我犹豫地看了看缸里。“可是它们不在这个玻璃缸里。”

“贴条上说不要摸，因为小鲨鱼的身体还很娇嫩，容易受伤。”喵说，“不过轻轻点应该不会有事，只要别被人看见。”

我们朝周围看了看，确定只有我们两个，然后伸出手指慢慢靠近鲨鱼宝宝。它一定是吓傻了，被手指碰到后一动不动，然后哭着窜到另一块石头后面躲了起来。

小喵在水面上点了下我的手指尖。

“你的手指和小猫鲨差不多，也是凉凉的。”我说。

“我为和平而来，地球狗。”喵说。

做了坏事以后，我们继续往前。再往前就是海底走廊，就跟走在水晶屋里一样，海底的各种鱼类在玻璃另一边。很多条鲨鱼在我们头顶来回巡游。它们有白色的肚皮和青色的背鳍，眼睛像转动的乒乓球一样。有的鲨鱼体格修长，动作敏捷秀气；有的鲨鱼笨重如牛，游过去时仿佛一座山峰。一群幼儿园小朋友追着两条最大个的鲨鱼跑，把我和小喵挤得东倒西歪。然后他们又在老师的带领下聚在玻璃墙的一边，跟那个缓慢游动的蝙蝠鲨合影。

这些小朋友比海里的鲨鱼们凶猛一百倍。我和喵都这么感觉。

我们走得很慢，基本上都趴在玻璃上看里面的各种各样的鲨鱼。喵一边指给我看各种鲨鱼的名字。背鳍黑色的是黑鳍鲨，白色的是白鳍鲨。长得比较秀气苗条的是护士鲨。还有最吓人的是大白鲨。

护士鲨是最好看的，它的动作很优美，尾巴一甩就转了个完美的弧度。不过最好玩的倒不是鲨鱼，而是两个大海龟。它们的壳足足有圆桌面那么大，很淡定地在鲨鱼旁边游泳，好像那些有尖刀牙齿的鲨鱼都是些不懂事的小孩。它们动作迟缓，游动起来慢条斯理的，就和生活在福利院的老人一样。

“它们看上去比百岁团长还要老。”我说。

“说不定是真的。海龟是可以活到一百多岁的。”喵说，“一看就特别的沧桑。”

正说着，一只海龟游到玻璃和海底的夹缝里，转不过圈来。围观的小红领巾们哈哈大笑。

“这边来，狗狗。”

小喵拉着我跑到前面的走道。一条走道一边是海底世界，另一边都是镜子。她掏出手机对着我晃了晃。

“干什么？”我问。

“来，和你主人我照张相。”她说，“我们合个影。”

两个人面对镜子，背对海底。大鱼如同浮动的岛屿游弋在我们身后。喵搭着我的肩膀，头微微侧向我，对着镜子举起手机。

“说，茄子。”她说。

“……茄子。”

手机咔嚓一声，照了张照片。

“还行，把我照得挺好看的。”喵看了照片，满意地说，“就这张了。”

“我呢？”我问。

“谁管你好不好看呀，只要我上相就行了。”

她挑起眉毛挑衅地瞄我，嘴角却向上微微翘起。我记住了她这个生动的表情。

“时间正好，”看了手机屏幕上的时间后，喵宣布，“现在去看白鲸吧。”

我们沿楼梯往上走。玻璃窗里，一个潜水员在清洁海底的海星。一群胖乎乎的企鹅在岸上发呆，好奇地望着潜水员吐出的气泡。

走出海洋世界馆，沿着公园的湖岸，一路按着白鲸标志的指示牌向前。路过儿童蹦蹦屋、划船中心，走了十五分钟，看见了极地白鲸馆的标志。我们走进馆内，来到入口的地方排队。

“请问你们是来看白鲸表演的吗？”入口处穿蓝色工作服的女孩说。

“是啊，我们是来看白鲸的。”我说，“现在可以进去了吗？这是我们的票。”

“是这样的，”女孩好像很抱歉地说，“小白鲸今天上午已经连续表演两场，现在累了，闹小孩脾气不肯出来。不管怎么哄都不行。要不你们改天再来可以吗？把门票留着就行了。”

“今天真的看不到了？”

“是的，真不好意思。”

我询问地看看喵。喵耸了耸肩膀。

“那就下次吧。”

“这两个小礼品给你们，算是表示我们的歉意。”

女孩给我们两个绒布海豚挂件。我和喵一人一个。

我们离开白鲸馆，朝公园门口闲逛。经过草地广场，我恍惚想起那次放风筝的事情，心脏好像又跳动得快了起来。你要好好的，我默默对心脏说，让我陪小喵玩好这一天吧，求求你。

“真可怜。”小喵忽然说。

“什么可怜？”我问。

“那条小白鲸呗。”她撩起耳边的长发，“我觉得这条白鲸挺可怜的，天天加班不说，还不能和其他鲸鱼约会，表演给谁看啊。要是我，早就不干了。”

“下次我们再一起来看它，好吗？”

“行啊。”

喵把那个蓝色的海豚挂件挂在书包上，然后伸个懒腰，面对热烈的阳光，眯起眼睛。

“夏天来了。”她说，“我最喜欢夏天了。”

第二十一章　昆曲、烧烤和啤酒

“你现在是插图家啦，”喵低头翻那本绘本杂志，“狗狗好能干啊，表扬一下。”

“这个故事是作家大叔的，”我说，“我记得你也和我说过很多故事，可能的话，我想……”

“你想什么？”

“我想把你的故事画出来。”我说，“可是我不知道能不能做到……”

她抬起头，凝视着我，感觉好像要看清我心里在想什么似的，然后她嘴角翘了起来，腾出一只手揉揉我的头发。

“乖的，想画就去画吧，你一定能够画出来的。你是一只有才华的小狗。”她说，“你有几本杂志？”

“只有一本。”我说，“你想看的话就拿回去好了。我去问问作家大叔还有没有。”

“这是你第一次发表的杂志，应该自己好好保存。”喵说，“而且这上面不光有你的画，还有别人的。我想有一天，你一定可以出一本完全属于你自己的书来，书上是你一个人画的画，画的是你自己想说的故事，你明白我的意思吗？”

我想了一会儿，渐渐明白了她的意思。就跟作家大叔给舒灵的书一样。那本书完完全全是他一个人写的故事。他再把这个完全是他写的故事，完完整整地送给舒灵。完整地写完一本书，那一定很难，非常难，所以他的眼睛才像个老人。

我不知道自己能不能做到。因为我既没有别人聪明，又看不懂表情，什么字都不认识。

“如果有一天狗狗画了一本书，你要记得第一个送给我，”喵说，“还要签上你的名字，好不？”

我用力点了点头。

离开房间，下楼来到院子里的时候，我看见我的三个外婆，还有另外几个老太太，正聚在一起嘁嘁喳喳地说话。外婆看见了我们。

“新一，你要出去吗？”爱华外婆朝我招招手，“哎？小姑娘，好久没看到你啦，你今天过来找新一玩吗？”

“是啊，我来找他玩。”喵乖巧地说，“外婆好。”

“他画的画上杂志了，你晓得？”

“我已经晓得了，阿婆。”

爱华外婆高兴地拉起了喵的手。

“晚上我们要一起去对面大学里看戏，你一起来吗？”

“看戏？是什么戏？”喵问，“话剧吗？”

“昆剧啊，你也喜欢听昆曲的对吗？我们小姑娘都喜欢昆曲的。”

“我只听过一点……我妈妈喜欢的。对面的大学生自己演的吗？”

“当然是上昆的老师来演啦，我是上昆的戏迷，今天刚知道的消息。我们几个老太太打算晚上一起过去看，小姑娘你也一起去好吗？”

“今天有哪几折？有《牡丹亭》吗？”

老太太们一起点头。

“《牡丹亭》我倒是想看的。最好是《游园惊梦》。”喵看看我，“你去不去看，狗狗？”

“你去我就去。”我老实说。

结果晚上我们和外婆们组成了老太太团，在福利院门口登记了名字，由一名护工带着进了对面的大学。一路上都有年轻的学生好奇地打量我们这支队伍。老太太们都打扮过了，穿着合身的衣服，三外婆还穿着很长的裙子。我和喵走在队伍的最后面。

观看昆曲的礼堂在大学的另一边，平时用来开会，周末放电影，今天是唱昆曲。老太太团走了二十分钟，到达礼堂门口的时候已经有很多人在排队，很多都是上了年纪的老人。我们到的时间比较晚，前面的座位已经坐满，只有最后三排还有座位。外婆们坐到了前面一排，我和小喵坐在了她们后面。

七点半准时开始。先是主持人上来讲了一段关于昆剧的话，我听不懂。不过当介绍演员的时候，老太太们都很激动，一边很热烈地互相感叹，跟小朋友一样交头接耳。

“哎呀，黎安来了，我喜欢这个小伙子。”

“我喜欢岳美缇，今天也来了！来了来了。”三外婆说。

“蔡正仁呢？梁谷音呢？”二外婆问，“还有张静娴呢？”

外婆们说的名字，我一个都不知道。

“你认识他们吗？”我问喵。

“我妈妈喜欢黎安，所以我知道他。他演小生很好看。”喵说，“我知道另一个演刀马旦的能打的姑娘。”

“和你一样能打？”我问。

第一场和第二场戏好像是一个故事，台上穿着丝绸裙子的古代姑娘一边哭一边唱很多的词，弄得大家都很唏嘘。外婆说，古代姑娘的丈夫去了远方考试。家里穷困到了吃糠的地步，而她的公婆又都去世了，她一个人一边扫坟一边哭泣。虽然我听不太懂姑娘说的话，但我知道她很难过。

“哎呀，《琵琶记》哭戏太多了，心里太难过了，不是很好看，”外婆们发表意见说，“我们更爱看《西厢记》和《牡丹亭》的折子。”

果然下一场就活泼多了，一个丫鬟装扮的女孩一上场，大家就开心起来。这个丫鬟其实是个老演员演的，但是一化妆居然就变成了个十几岁的小丫鬟，说话的声音也很嫩，简直跟舒灵小丫头在台上似的。剧情好像也挺容易懂的，这个叫红娘的丫鬟在帮助一个姓张的书生和她的姐姐崔莺莺认识。她的姐姐崔莺莺说话细声细气的，听了让人觉得挺不好意思，也不知道为什么。

“怪不得说古人说《西厢记》是淫词艳曲，还真是妖娆啊。”喵说，“崔莺莺这样莺莺燕燕的，我要是张生也受不了啊。”

我不吭声。喵转过头看看我。

“喂，你怎么脸都红了？”

“有点热。”我辩解说。

老太太们都在感叹扮演书生的黎安确实很灵，要是自己老头子年轻时能有这么帅就好了。

“我更喜欢岳美缇的扮相。”三外婆说，“年轻那会儿她演小生别提多俊秀啦，都有小姑娘写情书送花给她的。”

“就是就是，女人就是比臭男人强。”老太太们说，“不过台上的这个还是很不错的。”

接下来的两折戏老太太们自顾自地哼唱和叫好。台上的古代姑娘和书生说话都带着好听的韵味，可惜我听不明白，越是听不明白，我越是竖起耳朵聚精会神。结果我眼神逐渐发直，开始走神。从后排看舞台上人物的走动，他们变得就跟剪纸动画一样，在那里晃啊晃。我走神了很久，才听见喵在旁边轻声念一段诗词，默默听了一会儿，发觉她和舞台上的古代姑娘念得一字不差。

“原来姹紫嫣红开遍，似这般都付与断井颓垣。良辰美景奈何天，赏心乐事谁家院？朝飞暮卷，云霞翠轩，雨丝风片，烟波画船……”

看完戏以后，老太太团一路有说有笑地原路返回。一到晚上，大学门口的马路上摆了很多排档小吃，排档的老板在那里炒着热腾腾的铁锅炒菜。

“我饿了。”喵说，“你饿不？”

她这么一提，我好像也饿了，空气里都是烧烤的香味。我们没有跟着老太太团回福利院。喵拽着我选了一家排档坐下来。

“我们吃什么？”

“当然是啤酒和烤串啦，现在是夏天呀夏天。”小喵开心地说，“夏天的夜晚就应该是烤肉和啤酒。你什么都能吃是吧？”

我点头。

“我饭量很大……”

“你等着，我来点菜。”

喵去烤串的桌面上拿各种吃的。我看她主要是拿肉串，还拿了土豆片和玉米棒，两只手都拿满了，跟抱了两大束花似的。然后她笑眯眯地踱回来坐在桌对面。

“还有，老板，两瓶青岛！”她打了个响指。

老板应了一声，拿过来两瓶啤酒和两个塑料杯，起开瓶盖。

“你还想吃什么？”

“面条。”我说。我忽然想吃面条。

“这里哪有面条！我是说烤的东西！”她说，“来，喝酒！吃肉！”

喵给我倒了一杯啤酒，自己拿起另外一瓶，没有倒进杯子里，很有气势地直接就着瓶嘴喝了一口。我看看她的瓶子，又看看自己的杯子。我不想再喝醉，而且也不喜欢啤酒的苦味，但是喵已经喝了第一口。我觉得自己有义务陪朋友干掉一瓶啤酒。这是朋友应该做的，一起喝酒吃肉。

老板拿来第一批烤串。十串烤肉，两串土豆片，两串茄子，一串花菜，一串生菜。我们发动起来，拿起烤串开吃。喵吃的速度没有我快，但是她吃起喜欢的东西显得全心全意的，和她一起吃东西时，一切的食物好像变得更加美味。我想就连绝食的人也会被她的精神打动，从而成为和她一起享用美食的伙伴。

“干杯！”她笑着举起瓶子来。我也拿起瓶子，我们用力碰了下瓶子。

第一批烤串很快干掉。第二批是四对鸡翅，两串豆腐，四串板筋。第三批是两串烤鱼，两根玉米，八串羊肉。还有一盘盐水毛豆。

烤鱼吃完后，我们的速度终于放慢下来，一边啃烤玉米一边喝啤酒。吃多了烤肉后，我觉得啤酒没有刚开始那样难吃了，冰凉的啤酒确实挺可口的。

“很爽吧。”

她吹了口瓶子，嘴角和眉毛都是弯弯的。

“嗯。”

“饱了没？”

“有点饱了。”我说。

“每次吃饱喝足了，我都觉得这个世界特别美好。”喵说，“我打从心里爱这个世界，有时候我真希望自己能一直这么活下去。生命不是用来辛苦上学和辛苦工作的，是用来享受美好的事物的，对吧，狗狗！”

“嗯！”我说。

我们举瓶子干杯。

“不如我们以后合作吧，我像作家大叔那样写故事，你再把我写的故事画出来。这样我们就是拍档了。”

“你和作家大叔一样都是作家吗？”我问，“你是作家喵？”

“我想过自己以后想做的事。如果一切顺利，我觉得我也很可能去写书。我喜欢看书，喜欢那些奇妙的故事。每一本书都能带你去奇妙的地方旅行。我希望我能一边旅行一边写作。我知道这个世界上有很多人都这样生活。”

我想起来喵的那些梦。我觉得她的梦就已经是很奇妙的故事了。只要她把它们写下来就行。我可以画出她的梦，当然也可以为她的故事绘画。

“小狗，你有没有想过以后想做什么？你有什么梦想吗？”

我愣了一会儿，摇了摇头。我不知道自己以后想做什么。

“我会一直待在这个福利院里。我想。”

“你在福利院里怎么生活的呢？和这些老人？”

“就是这样生活的，有时我觉得我也是个老年人。”我说，“我把自己也当成老人。”

“可是你不是呀，你是个小孩子。他们是真正已经过完了一辈子，你才刚过了十六年。还有好多个十六年要过呢。”喵说，“你说这些老人住在这里是为了什么，是因为没人理他们吗？”

“不是，他们很多都是有家人的，虽然也有一些是孤寡老人，可是也有是结婚了几十年一起住进这里的。”我说，“我觉得他们是想在这里找到朋友和伙伴，或者只是快乐开心地，平静地活着……最后一段时间。”

“直到最后？”喵想了想，忽然叹了口气，“最后我们都是要死的，是吧？不管是在福利院里，还是在外面，有的过得很热闹，有的很有名，有的很孤独。但最后都还是要死的。”

我犹豫了一会儿。

“可能是这样的。”

“你这么一说，我感觉整个世界都是个养老院。不管是孩子、大人、老人、正太、萝莉、御姐还是大叔，都是在这个养老院里等待最后一天。”喵问，“那你说我们活着是为了什么？”

我摇了摇头，表示不知道。

“小狗，在你的眼睛里，时间是怎么过去的？”喵说，“每天我一想到时间在往前走，我会变老，我就觉得很难过。我觉得自己这一生就是这样了，就算完成了所有的梦想还是没有任何意义，最后，变老。对一切都那么伤感，没有人理睬，像是对着断掉的电话一个人自言自语那样绝望。”

“你可以打电话给我。”我说，“不管到什么时候，我都会在这里等着你。不管你是想吃肉喝酒，还是因为做了奇怪的梦。我都会在这个福利院里。你去旅行的时候，我们可以打电话。”

她可能是笑了，不过我看见她在摇头。喵喝了口啤酒。

“你为什么没有想过离开福利院呢？你也可以去旅行的。外面的世界很大，有的地方很美。你看那些绘本画家的画，他们都是去了很多很美丽的地方，然后把那些美丽留在了他们的绘本里。画家们都会去旅行，把沿途的风景画下来。你也应该一边旅行，一边画画什么的，然后画一本很美的书。”

“我……我没有一般人那么聪明。”我说，“我不认字，出去连路名和门牌号都不认识。我会迷路的，不但找不到去的地方，连回来都找不回来了。再说我的家在这里。这里有我所有的朋友和家人，我的三个外婆，还有团长……”

“谁说不认字就不能旅行了？”喵说，“我就认识一个人，眼睛什么都看不见了，可是他自己一个人去了很多地方旅行。”

“真的？”

“是真的，他是个流浪歌手。九岁的时候眼睛就看不见了，十六岁的时候，他背着把吉他离家出走，去远方流浪。”

九岁的时候，妈妈离开了我。现在我十六岁。

“他现在十六岁？”

“怎么可能，他比作家大叔还要大几岁，现在快四十岁了。只不过他确实流浪过很多个地方，一边流浪一边唱歌，就跟古代的吟游诗人一样。”

“他唱的歌好听吗？”我问。

“你的手机里就存有他的歌，我很喜欢他的歌，像什么蓝色的老虎、盲人影院、九月。”喵轻声哼唱，“这是一所盲人影院，那儿也是盲人影院……”

“我还以为你和我外婆一样喜欢昆曲。”我说。

“以后如果年纪大了，可能就会很喜欢昆曲了吧，我妈妈也是这样。可是现在我还是更喜欢民谣啦什么，不过一定要听现场演唱才有感觉。”

“现场演唱？那是什么？”

“他不是流浪歌手吗，以前是在街道上、地铁里唱歌，虽然后来他不再流浪了，可是他还是会在一些地方给大家唱歌。”

“我也可以见到他？”

“有机会的吧，下次如果他来这边演出的话，我带你去见见他。你也一定会喜欢他的歌的。好不？”

“好呀。”我点头。

我们吃光了烤串，剩下半瓶啤酒我有点喝不下了。喵一边说啤酒是粮食做的，不要浪费粮食，一边把半瓶啤酒倒在杯子里，然后一口气喝掉。喝光两瓶啤酒以后，她的脸也红了起来。

“我为考试付出太多了，我一点都不快乐。”喵说，“我都没有正经地早恋过，都没有人接我放学，为我打过架。我还想学钢琴。我想在吹着海风的屋子里弹肖邦，那个屋子有白色的窗纱。我还想在沙滩上遛只很漂亮的大狗。”

“小喵，你是喝醉了吗？”我问。

“别可笑了。两瓶啤酒怎么可能喝醉呢！再说就算我喝醉了不是还有你吗？”

“我？”

“对，就是你。”她手指着我说，“你就是我的导盲犬！喝醉了可以带我回家。谁欺负我，你就去咬他。”

“我……我不会咬人。”

“我说狗狗啊。”

她露出一种蛮让我舒服的表情说，就跟喝醉似的手肘支着桌子，双手托腮。

“你怎么可以一直像个孩子呢，这对其他人也太不公平了，是吧。”

“对啊，太不公平了。”我重复她的话说。

喵有一阵没说话，眼睛都闭上了。

“今天晚上我很开心。”她说，“可是我心里又很难过。”

“为什么难过？”我问。

她睁开眼睛，看了我一会儿。我忽然觉得很慌乱，我想是不是心脏小动物又要停止运动了。

“你看起来就和个正常的男孩一样。”她说，“如果你真的是个普通的男孩就好了。”

“我知道我不是，我的智商没有及格。”我想了想，说，“我是个温和的白痴。”

喵看了我一会儿。

“不是这样的，”她低声说，“你是个温柔的傻瓜，狗狗。”

我不知道该说什么了。喵也没有再说话。我们沉默了一会儿。

“好啦，吃饱喝足了，可以回家了。”

“我带钱了。”我说，“我来付钱。”

老板收了一百块。100。我还有一半的稿费没有用。

“今天吃穷你了吧。”喵说。

我摇摇头。

“外婆说，男孩请女孩吃饭是一种礼貌。”

“谢谢你的外婆。”喵伸出手，迟疑了一下，只是摆了摆，没有摸我的脑袋，“那我回去了，再见。”

我在大门口送喵上了出租车，然后回到福利院，上楼回自己的房间。时间已经很晚，多数房间的灯已经熄灭。经过外婆的房间时，我从窗户那里看见里面还亮着灯。我推了推房门，门开了，爱华外婆靠在床上，还没睡觉。

“外婆，你怎么还没睡？”我说。

“新一，你回来了。”

“你是在等我回来吗？”

“我和你另外两个外婆说了好久的话，她们刚回去，刚看完戏，大家都很开心呢。结果到现在还不想困觉。你困吗？不困陪外婆一会儿。”

“我不困。”我说，“我等会再回去睡觉。”

她朝里让了让，给我让了个空。我脱了鞋坐到床上。

“你脸这么红，又喝酒了？喝醉了是吗？”

“我就喝了一点啤酒。”我说，“这次我没有喝醉。”

“你现在是个大小孩了，不能再什么都管着你了。不过尽量不要喝酒，就算喝也不要喝醉。”外婆摸摸我的脑袋。“万一再喝醉了，我又不在你身边，你怎么照顾自己呢？”

“那我以后不喝酒了。”我说。

“你身体不好，小时候医生说你没办法长大。可是你现在都这么大了。画的画都印出来了。现在没人会再说你不聪明。我就说嘛，你是我的小孩，我怎么会不知道自己的小孩是什么样的呢。”

外婆又把我和她的儿子混在一起了，我想了想，没有再解释我不是新一。外婆的新一是个聪明的大学生，是造飞机的工程师，而我最多只会折纸飞机。她把我当成新一，是对我的夸奖。

“外婆，我画画有稿费，你想要什么吃什么，我去买给你。”

她眼睛弯了起来，眼角的皱纹也跟着汇聚在一起。我知道这个表情表示她很开心。

“外婆有退休工资的，而且住在这里平时也花不了钱。以前还想吃大白兔奶糖，现在也不怎么想吃啦。你的钱都要存起来以后派用场。”

“我一直待在福利院里，也用不到什么钱。”

“等你身体好了，你就不用再待在这里啦。”

我愣了一会儿，我从来没有想过有一天自己可能会离开福利院。如果不在福利院里待着，我想不到自己会去哪里。我去外面干什么呢？一个不会读书、看不懂周围人喜怒哀乐的人在外面的世界有什么用？我可以找到一份工作养活自己吗？关键是外面没有人需要我。我在这里可以陪着这些没有亲人的老人。他们把我当成自己的孩子。如果我离开他们，我觉得我就什么都不是了。因为没有人需要我。

想了一会儿，啤酒的酒劲好像上到脑袋里，头变得晕乎乎的，看来我真的不擅长思考。我揉了揉眼睛。

“想困觉了吗，新一？”

“就是头有点晕，想眯一会儿，”我说，“我在这里趴一下就好了。”

“那你困下来好了，正好陪陪我，”外婆说，“就像你小辰光一样。”

我点点头，在她身旁侧躺下来，床有点小，我蜷着腿才能睡下。刚住进福利院的时候没有空房间，我是和爱华外婆一起住的。那时我九岁。她帮我盖上毯子，有一种晒满了阳光的老人气味，亲切而熟悉，心里觉得安定和放松，头脑和心跳都变得缓慢起来。

我靠着外婆的身体，慢慢闭上眼睛，外婆好像哼着歌，说不定是晚上演出的昆曲，《牡丹亭》里的一段，但是我听不出来。我困了。感觉那只温暖的手一遍遍摸我的脑袋，然后就睡着了。

你是个善良的小孩。

我迷迷糊糊地听见有个声音在叫我。像是妈妈的声音，我揉了揉眼睛，却看见外婆站在面前。

新一，外婆说。新一。

外婆，我不是新一。我说，我是狗狗。

我模模糊糊看见老人脸上露出了笑容。奇怪的是，我却在那微笑里看见了感伤和留恋的成分。

她摸了摸我的脑袋，然后转过身，颤颤巍巍地向房间门口走去。我看见那个熟悉的身影慢慢消失在门口，留我一个人孤孤单单地在房间里。

醒来时，我发觉自己眼睛里都是泪水，我也不知道自己为什么会这么难过。

台灯还亮着。我擦了擦眼睛，坐起身来。我以为再也看不见外婆了，还好她就在我旁边。

爱华外婆躺在我身边，仿佛睡着了一样，嘴巴微微张开，好像在微笑一样，只是她的手没有摸我的脑袋，而是平摊在一边。

“外婆？”我说。

我坐在她身边，抱着腿，把头埋在膝盖那里，在宁静的夜晚等待了很久，但是外婆再也没有叫我的名字。

第二十二章　遗嘱

她走得很安静，一点都没惊动大家，就好像某天早上踮着脚离开了病房一样。甚至有的老人在追悼会后才知道这个消息。真的没想到，老人们拉住我说，你外婆虽然记性不太好了，但是平时身体很好，真的想不到。

有时我也会忘记她已经去世，走过她的房间门口还会去找她，直到推开房门的时候才想起来外婆已经去了别的地方，就和很多年前我妈妈一样。我不知道那个地方是在哪里，但那一定是个更好的地方，甚至比福利院还要好。因为她们走的时候，脸上都带着不易察觉的微笑，好像卸下了很重的负担。

二外婆说，这是因为她们完成了一生的修行，可以放心地离开了。

“可是我妈妈和爱华外婆都不信佛，”我说，“她们也没有吃素。”

“这和吃素不吃素、信不信佛没有关系。”二外婆说，“活着就是一种修行。每个人都是这样的。”

我陪二外婆念了七天的经。愿菩萨和佛祖保佑外婆顺利地去到别的地方。

三外婆带我去徐家汇的教堂为爱华外婆祈福，教堂里有很多人，跪在长椅前的跪垫上祈祷，他们的手里拿着点燃的蜡烛，蜡烛的火光摇曳，虽然我不知道外婆能不能收到我们的祝福。毕竟她不信天主，也从没有去教堂礼拜过。

“爱华外婆和你不一样，”我对三外婆说，“她不信这个。”

“我和你爱华外婆做了很多年的姐妹，我当然知道她不信这个，我也从来没要她和我一起来礼拜。”她拍拍我的手，说，“可是你知道吗，这里的人一定把她当成好姐妹。”

“为什么？”

“一个人只要心里向善，一直在做善的事，那她的内心就是一个基督徒。”

“外婆她受过很多苦。”我想了一会儿，轻声祈祷，“愿天上的神保佑她和新一舅舅相聚，在一个更好的地方。”

“会的。”三外婆说。

然后我们一起听穿黑色长袍的神父唱祈福的歌曲。

在殡仪馆举行的追悼会上，我遇到了朋友毛毛，是他的父母带他来的。他穿着一条背带牛仔裤，脑袋显得更大了。他的样子看起来比任何时候都要无精打采。

“毛毛，我们都失去了外婆。”我告诉他，“我们都没有外婆了。”

他侧着头看了我半天，认出了我。

“外……外婆。”他艰难地说，“……外婆……”

虽然毛毛脸上还是没有任何表情，可是我想他一定明白发生的事情。他也一定想起了他的亲人。

追悼会结束后第二天，我帮护工一起收拾爱华外婆的屋子，把被褥和衣服什么的清理打包。有些个人物品交给了爱华外婆仅有的亲戚，还剩下一些留在了这里。屋子很快就要腾出来给将要入院的老人，因为有很多的老年人在排队等着进来，每一年福利院都会收到很多份申请报告，空出来的床位却只有几张。

护工问我要不要选几样东西留下作为纪念。我不知道应该选什么。选什么都没办法真正代替我的爱华外婆。我坐在光秃秃的床板上，忽然觉得这个房间变得空空荡荡的。

这时有人拍了拍我的肩膀，我转头一看，是院长站在旁边。

“剩下的交给清洁工来打扫吧，还要搬张新床进来，这次是一对夫妻住进来。”院长说，“你跟我来，我有话和你说。”

我点点头，跟着她离开房间，上楼，到四楼尽头的办公室。院长让我坐下来，给我倒了杯水。

“你累不累？”

“我不累。”我摇摇头。

“护士说，这几天你心率检查状况不是很好，你自己觉得怎么样？”

“我觉得……和以前差不了多少，我从小这样，习惯了。”我说，“有时候会觉得有点发闷，透不过气。不过这是因为天气……还有因为外婆……”

“只要它别一下子罢工就好。这几天你都在忙你外婆的事，它有点累了。”

“它累了，我没有。”我说。

“你外婆去世已经一个多星期了。”院长停顿了一下，说，“我还没有当院长的时候，你外婆就已经住进来了。那时你还不住在这里。”

那时我妈妈还在纺织厂织布，还没有下岗。我还没有遇见爱华外婆。

“后来你妈妈才来这里工作的。”

我听见院长叹了一口气，然后停了好一会儿。她从抽屉里拿出一个很厚的本子，打开来看了一会儿。

“你是九岁的时候住进来的，已经七年了。”

“现在我十六岁了。”我说。

“有些事情，我以前没有告诉你，因为觉得你还太小。”院长说，“关于你外婆的一些事。”

“爱华外婆？”我问。

“其实也是关于你的。”院长说，“你也知道，我们这里名义上是福利院，其实并不是慈善组织的养老院。住在这里的老人，除了个别的没有养老金的孤老，其他大多数都是自己出的住院费，你的爱华外婆就是这样，她有退休工资和养老金，就算在外面请保姆也能过得下去，不过她宁愿住在这里。”

“外婆和我说过。她在这里过得很开心。”我说。

院长点点头。

“你知道你为什么可以住在这里吗？”

“因为我没有别的地方去，所以福利院收留了我。”我说，“外婆和我这么说的。”

“你妈妈生病过世以后，你家也没有别的亲戚。本来只能去社会孤儿院。但是你的外婆来找我们，她说愿意出钱付你的住院费，让你留下来好照顾你。还有另外几个老人也都这么说。可是这是所养老院，不能收留小孩子。手续上有不方便的地方，你爱华外婆说，那就把你也当成老年人好了。你就这样留在福利院了。所以你的住院证上登记的是个六十岁的老人。”

我下意识地看自己的住院证。住院证上的我六十一岁。

“这都是你外婆得老年痴呆以前的事情。生病以后，她的记性就变差了。”

“外婆只是记性不好，”我说，“她并没有变痴呆。她认得出每一个人。除了会叫错我的名字……”

“她叫你新一，因为她把你当成了自己的孩子。”院长说，“她脑子并没有糊涂，不然她也不会把她所有剩下的存款都留给你。”

“什么剩下的钱？”

我望着院长，没有听明白。她从本子里取出夹着的几页纸。

“在她知道自己得了老年痴呆以后，有一天找我谈话。你外婆说，要趁自己脑子还能记住事情的时候把这件事处理好。她公证了一份遗嘱，在她去世后把所有名下的存款都留给你。当然不是直接交给你，而是由福利院来托管。这样，就算如果哪一天她去世了，你也一直可以留在这里，不会连个家都没有。”

我看着院长手上的纸。

“这是那份公证书，你要看看吗？”

她递到我手上，有三页白纸，上面印满了黑字。在最后一页上有签名和盖的图章。我努力在上面找外婆的名字，但是我一个字都不认识。

“但是这只是里面的一部分内容，还有另一部分，是关于你手术的。”

我抬起头。

“手术，什么手术？”

“你的心脏从你出生起就有严重的问题。所以你每个月都要去医院检查。幸运的是，它一直勉强维持着，你一直平平安安长大到了现在。可是不知道哪天它会突然停下来。你的心脏必须做一个很大的手术，只有手术成功了，你身体才能恢复健康。而不管是住院，还是做这个手术，都需要很大一笔钱。”

“我的心脏需要动手术？”

“手术是必须做的，你的心脏只有手术才能治好。”

“我有钱，”我想起了自己的稿费，“我还有四百块。”

院长笑着摇了摇头，我在她的笑容里看不到欢乐的成分，她的笑容带着中药似的苦味。

“手术需要很大一笔费用，远远不止四百块。我想大多数人一辈子都挣不到手术的这笔钱。就连你外婆的存款也远远不够，只是其中的一小部分。所以，这个养老院里很多老人都加了进来。”

“还有别人？”

“你是不是觉得很奇怪，从来没有收到过压岁钱？”

“我的三个外婆给过我……”

“他们把本来给你的压岁钱都留了下来。我不知道他们是怎么知道你需要手术费的事情。但是一直有人来给我钱。有的是去世以后留下存款的一部分。有的是每个月退休金挤出的开销。有的老人本身就是救助对象，居然也拿出几块钱来帮忙。还有一些是来自外面的捐款。这本本子里，记下了每一笔给你的手术捐助，包括你的外婆、一直捣乱的团长、老可怜、护工……大部分，几乎是每个人。”

我望着院长手上厚厚的本子。我居然一直不知道。

沉默了一会儿后，我把手上的纸张还给了院长。院长把那三页纸夹回本子，又把本子放回抽屉里。

“现在这些钱能够动心脏手术了？”

“还缺一点，差不多足够了。”

“那什么时候做这个手术？”我问，“我的心脏手术？”

“等一个合适的时候，手术需要看你心脏的状况和医院的资源……而且有一定的风险。如果手术完全成功了，你的心脏以后就完全健康了。”

我低下头。院长走过来蹲在我面前，拿纸巾帮我擦脸。

“你是不是现在不想听到这些？”她说，“我只是觉得最好让你知道。你外婆和这些老人为你做的这些事。你虽然不识字，却要比外面的小孩懂事得多。因为你是在福利院长大的小孩。我们都把你当成自己的孩子。”

“谢谢你告诉我。”我说，“不然我永远不知道这些事。”

“好啦，等会儿回去，先把脸洗干净，”院长拍了拍我的肩膀，说，“刚才我从窗户那里看见你的朋友来找你了。”

离开屋子时，我看见喵坐在院子里的长椅上，怀抱着一个玻璃罐。这是外婆去世这么多天以后，我第一次看见她。

“我刚知道你外婆的事情。”喵说，“狗狗，你一定很难过。”

“其实我不怎么难过。”我摇摇头，“医生说外婆走的时候没有受很大的苦，就好像蜡烛燃烧到了尽头，自然而然熄灭那样。而且那天晚上她也过得很开心。”

“你外婆今年多大了？”

“八十七岁。”

“一点也看不出来，我还以为她只有七十岁。那应该算是喜丧了。”

“大家都这么说。只有团长说外婆走得太早了，应该活到一百岁再说。”

“他那个叫人瑞，都快变成人参娃娃了。”

“本来我想打电话给你叫你也来参加外婆的追悼会的，”我说，“你好久没来了。”

“这两周你都在难过，我那边也有自己的事情，就算你打给我，大概我也没办法过来，”喵咬了咬嘴唇，“我们不说这个了，今天我有东西带给你。”

她端起放在一边的玻璃罐。

“看，这个。”

我看着她手里的玻璃罐。玻璃罐里有一条橘红色的小鱼，在水里游动着。

“这是什么？”

“我在宠物店看见的，是生活在海里的鱼，长得很像电影里的小丑鱼尼莫吧？”她说，“来，接着，自己看。”

我接过玻璃罐，举在面前，透过玻璃和海水看这条橘红色的小鱼。它好像也在观察我。小喵在玻璃罐的另一面看它。小鱼夹在我们当中有点不知所措，不知往哪里躲。

“喜欢吗？”

“喜欢。”我在玻璃罐这头点头，“它真好看。”

“我就知道你会喜欢的，所以买来送给你。”

“送给我的？”我说，“我不能随便拿礼物……”

“我没法照顾它，你要帮我好好养它。”喵说，“就算是帮我养的，这行了吧？”

我又仔细看了看小鱼，把玻璃罐抱在怀里。

“我会好好照顾它。”

喵揉了揉我的脑袋。

“还有一件事。明天晚上你有空吗？我是说比平时要晚一点。”

“明天晚上？”我问，“是什么事？”

“上次说的那个流浪的盲人歌手，你不是想见见他吗？”喵说，“明天他有个演唱会。不过地方离这里有点远，你想去不？”

我犹豫了一下，问她：“那你去不去？”

我看见喵的嘴角翘了起来。

“你去我就去。狗狗，我会带你去的。”

第二十三章

和你在一起的夜晚

晚饭后，我换上出门的T恤、牛仔裤和运动鞋，然后在房间里等着。外婆的屋子已经腾空，电视机也搬走了。如果我想看电视，可以去团长他们屋子里。但是我现在不想看电视，也不想看书和画画。

去隔壁待了一会儿，恍惚觉得爱华外婆只是搬走去了新的家，不久还会回来。我用水杯给仙人球浇了点水，然后按小喵教的给玻璃罐里的小丑鱼喂了点鱼食。为什么你一个人在这里呢？我问它。但是它没有回答我。

我趴在桌子上看着它游来游去，直到手机响了一声猫叫。

我关掉屋里的灯，没忘记戴上了自己的住院证，想了想，又从脖子上解下来，放进牛仔裤的口袋里，然后轻轻带上门，确定没有人注意到才从楼梯下去。大家都在房间里看电视，院长、主任她们都下班了，门卫伯伯好像在打瞌睡，应该没有人注意到我现在出门。

小喵在福利院门口不远处等着我。她一身的白裙子，黑色的过膝长袜，白色的凉鞋。好像从绘本书的插图里走出来的，另一个世界来的女孩。

“溜出来了？”

“嗯。”

“那我们走吧。太晚去就没位子了。”她翘起嘴角说，“走吧，狗狗。”

我们先坐一辆公交车到最近的中山公园地铁站，从购物中心的自动扶梯下到地下广场，来到地铁站的入口，喵去自动售票机那里投入三个一元硬币，买了一张磁卡。她说自己有一卡通，把车票给了我。我在站台入口耽误了一下，因为我不知道应该怎么进去。排在我后面的人发出不耐烦的声音。喵从站台里帮我照了下车票，身前的铁杠才转开了。我赶紧走到站台里，心脏难受地怦怦直跳。

“你从来没有坐过地铁吗？”

“三年以前坐过一次。”我说，“我忘了应该怎么进来了。”

“你出了很多汗。”喵拿出纸巾帮我擦脸上的汗，“别紧张，有我在呢。”

地铁开过来了，上车以后，穿过隧道的冷风把汗都吹干了。可是有非常多的人。没有座位，我们站在两节车厢之间的地方，几乎连动都没法动一下，我紧紧拉着上面的把手，闭上眼睛，感觉没办法呼吸。这时我感觉有什么东西在碰我的鼻子。睁开眼睛一看，是她在捏我的鼻子。我们面对面站着。

“很难受是吗？果然宠物是不应该带进地铁的。”她放开捏我鼻子的手，“再坚持一下，等过了人民广场，就不会这么挤了。”

我点点头。看着她的眼睛，感觉似乎就好了很多。她看了看我，转过头。她头发后面别了个指甲大小的东西。我仔细看了看，原来是个粉红色的小猫发卡。

“我们到哪一站下来？”

“到南京东路下来，还要再走一段，走到快到外滩的地方就到了。”

车门上方有路线图和指示灯，我看不懂站名，还好每到一站就有广播通知，而且有喵带着我。我默默数经过的车站，第五次停车时，广播里说是人民广场，果然车厢里的人一下子都涌了出去。但是接着下一站就轮到我们下车了。喵拍了拍我的肩膀，我们下车，从自动扶梯上到地面，又来到一个购物中心的一楼，再从旋转门走出到外面的马路。

尽管现在是晚上，路上却都是人。有背着书包的学生，头发稀疏的大叔、打领带戴眼镜的西装男，还有穿着很短裙子、脸上化着仿佛昆曲戏妆的女人。我看不清他们的脸，也没有人注意我们，所有人就好像互相都完全看不见别的人一样。四周都是很高的大楼和明亮的橱窗，所有的霓虹灯都在发亮，我根本不知道自己是在哪里。

喵拉住我的手，她的手不像外婆的手那么苍老粗糙，感觉很柔软，像小猫柔软的身体。

“别害怕，跟在我旁边就行了。”她说，“我们还要走一会儿。”

我们从这些人身边走过去。我觉得神经紧张，只有感觉到喵在身边才能让我觉得好过一些。我紧盯着她头发后面别着的那个粉色发卡，这样就不会注意别的什么了。

“你在看什么？”

“你戴的发卡……是粉红色的。”

“才看见？觉得怎么样？”

“有点像……像小猪的尾巴。”

喵看了我一眼，小脸几乎就要黑下来了。但最后她只是嘟了下嘴。

“生气了。”她说。

“我的意思是说……很可爱。”我结结巴巴地解释，“小猪的尾巴很可爱……”

她甩开我，不吭声地往前走，我只好低头跟在后面，这么走了一会儿，她脚步停了下来。我差点撞到别人身上。

“怎么了？”我心虚地问。

“好像到了。”她认了认门牌，“应该就是这里。”

我看见一个像是外国城堡一样的楼房，有个和教堂的拱门很像的小木门，木门上有彩色玻璃，门旁边有几个看不懂的外文字母，边上竖着一个牌子，牌子上的字我也不认得。喵看了看牌子。有一对夫妻带着一个小男孩进到门里，在走廊上等电梯。我和喵跟着这家人一起等电梯。电梯上升时，那个小男孩抬头打量我。他最多只有六岁，脑袋显得很大。趁没人注意，我悄悄对他眨了眨眼睛，他回给我一个鬼脸。

电梯停在了三楼，一打开门就看见房间里有很多人。这个房间有福利院的食堂那么大，足够大家在这里做关节操。房间里排着一排排的椅子，靠墙还有红色的沙发，在沙发背后是打开的阳台。我不知所措地站在房间门口，不知道接下来自己做什么。喵拉我进了房间，但是已经找不到坐的地方，椅子上要么坐着人，要么放着东西。走到房间后半部，我看见一个靠墙的沙发还空着一半，另一半坐着一个和喵差不多年龄的女孩。

“不好意思，”女孩说，“这里已经有人了。”

实在找不到地方，只有沙发跟前的地上还有几个坐垫。喵和我坐下来。坐垫软软的，挺舒服的，但是腿伸不开，会顶到前面一排身体。我们基本上就是抱着自己的膝盖。再过一会儿，地上几乎已经没有了下脚的地方，坐在沙发上的两个女孩尽量靠在一起，腿都搁在了沙发上。喵出去了一趟，差点没办法回来。

“今天还是喝水吧。”她递给我一瓶矿泉水，“虽然这里是酒吧。”

我们靠着沙发挤在一起。我好奇地打量周围的人，其中有一些看起来和我差不多，有的比我大很多，有的一看就是还在读书的学生，有的大概有自己的工作，不过基本上都是年轻人。其中有一半都是年轻女孩，像喵这样的。前面还有几个个子很高的外国人。几个穿白衬衫的在阳台上抽烟。我回过头，发现后面的沙发上挤着刚才电梯里的一家三口，男孩坐在妈妈的腿上。

过了会儿，酒吧里的灯光变暗了，阳台上抽烟的人也都进到房间里。一个背吉他的人坐在麦克风前面。

“狗狗，他就是那个眼睛看不见的盲人歌手。”喵说。

盲人歌手说了一句话，大家都笑了。

“演出前我想喝点酒。这里允许喝酒的吧？喝醉了我就乱唱了。”

他拿起一个小瓶子喝了口酒。他戴着很大的墨镜，头发乱蓬蓬地披到了肩上，而且还留着络腮胡。他比我想象的要高大，尽管样子很凶猛，但是坐在舞台上又显得很安静，像只害羞的狮子。我觉得简直像是要把自己藏在那副墨镜后面一样。可是他只要一说话，就好像站在你面前说的一样。我们坐在后排的位置，但是浑厚的声音还是透过了前面所有的身体，房间里每个人听得都很清楚。

他拨弄吉他，开始唱第一首歌。

孩子们出门玩儿还没回来，
老人们睡觉都没醒来。
只有中年人坐在门前发呆。
天黑了，灯亮了，回家吧。

歌声几乎从第一句开始就把我打动了。大家都安静地坐在地上，听这个盲人歌手诗歌一样的句子。只有等他唱完了一首歌，大家才开始发出声音。他停下来，咧开嘴，很开心地笑。

“这不是我第一次来上海。”他说，“以前来的时候，房价还没有这么高。不过我也买不起上海的房子。所以现在我就唱买房子的歌吧。”

笑声，大家都在笑。音乐里有好玩的口哨声。

买了一套房子，花了三十多万（现在要一百多万了，他特意停下来说）

买房子的钱，全靠银行贷款

从今天以后，不能随便请吃饭了

不能多喝酒，不能去旅游（他停下来，喝了口酒，大家笑）

我要拼命地还，我要还清这贷款

直到有一天，所有钱的还完了

头发也就白了，嘴里没有牙了

“既然给买房子写了歌，下面这首歌就送给房产开发商吧，假如我是个房产开发商，”他唱，“总有一天地球都是我的，你们就只能住到火星上去了。”

大家哈哈大笑。很多人拍手，大声叫好，坐沙发上的女孩叫“周叔叔再来一个”。我一边想象这些买房子的变成了福利院的团长他们，一边和大家一起鼓掌。我看喵也在喊“周叔叔”，于是也跟着叫了两声。

“接下来，你们想听什么？”他问。

大家活跃起来，很多人都在大声报想听的歌名。有的说“九月”，有的说“盲人影院”，我身后一家三口里的妈妈用手做喇叭，喊“金斯堡妈妈”。身边的喵轻轻嘀咕了一句“爱情”。

然后我听见有人在低声说我的名字，回头一看，是那个电梯里的小男孩。

“中国的孩子。”男孩怯怯地说，并没有在看我。

台上的盲人歌手也听见了，他还是照样笑着说，“那就中国的孩子吧。我们都是中国的孩子。”

房间里安静了下来，响起了吉他声。

我觉得自己的身体失去了重量，手里拿着矿泉水瓶却一口都没喝，每当吉他的琴弦响起来的时候，我心里一定有根同样的琴弦在微微颤动，发出同样的声音，心脏好像不在胸口了，变成了耳朵。每一首歌，每一首都会直接穿过身体，简直像是被洗涤了，口鼻全部闷在了水下面。只有当一首歌停下的时候，我才能露出水面，呼吸空气。然后等待下一次的下潜。我以为自己不是在一个装满了听众的酒吧，而是在空无一人的海底。歌声从很远的地方传来，又带着我去很远的地方。

他又接连唱了好多首歌，有的歌里有一只寂寞的蓝色老虎，有的歌里我在废弃的电影院，古代的诗歌里有古代的精灵，我好像流浪在世界的每个角落，从沙漠到夜晚，从草原到河流。但是我其实哪里都没去。我只是蜷着发硬的双腿，坐在酒吧的地上听人唱歌，和喵靠在一起。她的头搁在我的肩上。

每次主持说演唱会到了结束时间的时候，底下就是一片请求声，让再唱一首。盲人歌手笑着又唱了几首歌，最后他说，时间已经太晚了，大家都回去睡觉吧，或者去过自己的生活和夜生活，这是今天晚上最后一首歌。

“最后一首歌给爱情。”他说，“这是生活中最后和最美好的东西了。”

唱最后这首歌的时候，他没有像之前那样露出笑容，仿佛墨镜后的眼睛都闭上了。他放下了手里的乐器，只拿着话筒。

绣花绣得累了
牛羊也下山了
我们烧自己的房子和身体生起火来
普天下所有的水都在你眼中荡开
没有窗亮着灯

没有人在途中

我们的木床唱起歌来说幸福它走了

这首歌唱完了以后，这个酒吧的演唱会就真正结束了。

唱歌的盲人走了以后，人群跟着慢慢离开了酒吧。我终于能够伸直发麻的双腿。喵站起来，走到阳台外面。半天都没有回来。我走到阳台的时候，看到她安静地靠在栏杆上。外面的空气清新了许多，微风带着夜晚的凉爽。

“多好看啊。”她说。

夜空是深沉的墨蓝色，往下看，楼宇和街道的灯光都变得模糊起来。刚才的音乐会好像还没有结束似的，所有的光都在安静地闪烁。她解开别在脑后的发卡，让风拂动长发。我们什么话都没有说，就这样安静地待在这个陌生空旷的阳台上，感觉却温馨而熟悉，仿佛是在一个两人都很熟悉的梦境里。

“今天晚上，我感觉这辈子算是值啦。”喵说。

好像从很近的地方传来轮船的汽笛声。

“这里就在外滩边上，我们下去走走吧，好不好？”

我点点头。

“好啊。”

我们离开阳台，走楼梯下楼，来到路灯明暗的街道上，随便选了个方向，就沿着街道往前走。我们安静地走在人烟稀少的小路上，又从小路走到车流不息的大道。就如同是沿着长长的铁轨行走。轨道的螺钉满是铁锈。这两条线是要通向哪里呢，谁也不关心，只是继续往前。反正现在是在夜里，她就像去酒吧的路上那样牵着我的手。

“他的声音很像神父的声音。神父唱歌和他有点像。”

“人们在悲伤的时候唱歌跳舞。”喵说，“最后的那首歌你觉得好听吗？”

“很好听。”我说。

不过我没有完全听懂，我记得唱歌的盲人大叔说那首歌是关于爱情的。

“那首歌是我最喜欢的歌。可是每次听的时候，我都觉得心里碎开了一个小小的缺口。”她说，“我觉得我的心都不是自己的了，你明白这种感觉？”

“我也经常感觉我的心脏不属于我的身体……”

“不是这样的，算了……”小喵轻轻摸了摸我的脑袋，“知道吗，那首歌是他失恋以后写的。”

“那个盲人大叔？”我问。

“嗯。他曾经很喜欢一个女孩子，因为很多原因不能在一起了。他旅行去了别的地方，半夜坐在走廊上等旅馆的电话铃声，只要电话一响，他就觉得是她打来的，结果她一直没有打来。他觉得自己离开得还不够远，于是继续走向更远的地方，然后就一直流浪到了西藏，才把自己的心找回来。几乎横跨了整个中国。”

“他忘掉她了吗？”

“我不知道他忘记了没有，我只知道在那之后，就有了这首歌。”

“就跟作家大叔说的那个故事一样，那个女孩变成了一本书。而这个女孩变成了一首歌。”

“已经很晚了吧，”她说，“地铁说不定都没了。”

没有人想要去赶地铁。我们不怎么说话了，只是慢慢在夜晚的道路上行走。我听见她在身边哼一首歌。这是我所经历过的最静谧的时刻，那些担忧、害怕和紧张也随着白天的过去暂时存放了起来。我想起了小时候去公园里儿童乐园的时候，在旋转木马上体会到的眩晕感，黑夜与其说是漆黑的，不如说是接近了曾经经历的梦境，是夹杂了森林海滩、人鱼公主、骄傲和等待共同织就的真实。

这个世界上有很多我不理解的事情，我不理解一个盲人为什么会唱出这么好听的歌曲，不理解一个人是怎样写出一本很厚的书。我不理解爱恋与失恋，不理解为什么人在悲伤的时候会唱歌跳舞，不理解那迥异于心痛的心痛。我不理解幸福感，不理解一个学猫叫的女孩为什么会出现在一个满是老人的生活中。我不理解现实的边际到底在哪里，要一直走到什么地步才会抵达美好的梦境。

但所有这些，都没有办法抵消掉这个夜晚我正在经历的时候，我愿意用以后所有的可能性，来让这个安静的夜晚成为它本来的模样，永远不要有任何改变。

有什么东西掉在地上发出"嗒"的一声轻响，弹到了我的鞋边。低头看了看。是一个粉红色发卡，一只小猫的图案。我弯腰捡起了它。

"小喵，这是你的发卡吗？"

喵呆滞地停在那里，没有伸手接过去。阴影挡住了她的半张面孔。我看见她的脸上挂着奇怪的黑影。

"你的脸上有什么……"

她抹了抹鼻子下面，然后在路灯下张开手。手掌上沾满了暗红色的液体。她鼻子流血了，鼻血滴在她的白裙子上，像纸上的墨汁一样渲染开来。

喵用手捂住鼻子。我找不到纸巾，只好掀起T恤的下摆帮她把指缝里漏掉的部分擦掉。她一下子握住了我的手腕，我感觉她在发抖，大概是在害怕。我想劝她不要紧张，只是流鼻血而已。可是我自己很害怕，因为我不知道到底发生了什么事。

"我看不见。"她说，"我什么都看不清。"

"路灯太暗了……现在是晚上。"

她往前走了一步，一下子摔在地上，我赶紧去扶她，她蹲在地上哭。

“我害怕，狗狗。”她哭着说，“我认不得这里是哪里。我记不清了，我不知道怎么回去。”

“别害怕。”我安慰她说，“我在这里。我带你回去。”

可是我不知道自己是在哪里。我看了看四周，不知道应该怎么走。我是在一条陌生的街道上，我从来没有来过这里。假如你是一只导盲犬，我在心里说。我知道我们是坐地铁来的。只要找到地铁我们就能回去。只要回去就安全了。

我拉起小喵，半搀半抱地拽着她往前走，感觉心脏一直在拼命跳。走到路口，有一个穿睡衣的中年人在路标旁边抽烟。

“请……请问，地铁站怎么走？”我说。

“地铁早就没了，都半夜了。”他看了看我们，摇了摇头，“现在的小孩子……”

我有点喘不过气，而且也不知道应该怎么办。喵的鼻血好像已经止住了，起码我的T恤没有沾到更多的血，可是她还在哭。我本来以为她是个很厉害的女孩，又聪明又能打，可是现在她靠在我怀里却比什么都要弱小。

“打车……”我听见她说，“你……叫一辆出租车送我们回去……”

对的，我想起来我们可以打车。我坐过出租车，知道怎么拦车，拦下车以后只要付钱，司机就能送你回去。我带钱了。

可是这条小路太冷清了，连一辆经过的车都没有。我朝左右看了看，选了灯光更多的方向，搀着小喵继续往前走。我是一只导盲犬，我一定会带你回去的。

“你还好吗，小喵？”

她没有回答我。我感觉到她的呼吸打在我的脖子上。我的脖子上都是汗，我觉得我快抱不动她了，我自己的腿都重得要命，要一拖一拉地才能迈开一步。

我们终于挨到了灯火通明的十字路口，很多车飞快地开过来又开过去，快得让我有些眩晕。我牵着小喵的手，向开过来的车挥动手臂。终于有一辆红色的出租车慢慢停下来。

“我们要坐出租。”我扒住车窗对司机说，“我带钱了。”

“你们要去哪里？”司机探过来问。

“我们要回福利院。”

“在哪里？地址？”

我愣在那里。我不知道福利院的地址。以前我从来没有自己打车回去。司机没有再搭理我，出租车往前开动，驶回了车道。

住院证上有福利院的地址，是为了防止老人走失。我忽然想起来，我身上带了住院证。

我从牛仔裤后面的口袋里找到住院证，松开小喵，向前赶了两步，想赶上开走的出租车。

“等一下，我带地址了……”

可是那辆出租车没有停下来，直接开走了。我懊丧得眼泪都出来了。我喘了会儿气，一边擦眼泪，一边对每一辆开过来的车举起我的住院证。

“这是地址，我要回福利院。”我不停地说，“这是我们的地址，我们要打车回去。”

没有车停下来。它们好像谁都看不见我，听不到我说话。胸口一阵阵地发闷，连手都举不动。我咳嗽起来，心脏里的小动物好像缩成了一团，在我体内拼命蹬腿。我想用手捂住它，可是一下子痛得站都站不稳了。

“狗狗……狗狗……”

我听见喵在叫我，挣扎着抬起头。喵走出了人行道。

“狗狗，你在哪里？你怎么了，狗狗？”

我匍匐在地上，既说不出话，也动不了，只能看着她走到马路上。

喵的两只手害怕地在身边摸索。一辆黑色轿车飞快地擦过她旁边。她被刮到了，趔趄了两步。对面一辆车呼啸着向她撞来，白色车灯打在了她的脸上。喇叭声，刺耳的刹车声和尖叫。

就在这一瞬间，我感觉心脏猛地跳动了一下，眼前黑暗下来。

一件东西碎掉的声音，在我的身体里。

然后我就什么都不知道了。

第二十四章　心

好像是一条漆黑幽远的小路，一个人在那里走了很久。周围有一些声音。心脏里的小动物奄奄一息地趴在怀里。我像抱一只垂死的猫咪一样抱着它求救。陌生人的声音，我听见很多人在附近说话。可是我不知道应该去哪里找他们。我走累了，累得眼睛都睁不开。我怀抱的小动物快死了，它发出一声衰弱的猫叫。

我没有力气睁开眼睛。

“喵……”我说。

有人摸了摸我的额头。

“没事了，你现在在医院。”

勉强抬起一丝眼皮，看见日光的白光，还有医生的白色袍子。想了一会儿，可是脑袋里和天花板一样空空荡荡。我努力张开眼睛，看着医生的面孔，不知道为什么，我说不出话，嘴里被什么东西塞住了，戴着一个塑料口罩似的东西。我能听见自己的呼吸声。

“这是呼吸机，帮助你呼吸用的。”医生说，“你的心脏病发作了。它已经跳不动了。”

手背上插着输液的管子，我抬了抬手，试图坐起来。我想在房间里找一个人，可我连手都抬不起来。我的身体上有很多条管线和一个机器连在一起。

“你的朋友在另一个房间。”他说，“你先休息一下，别担心。”

我昏昏沉沉地闭上眼睛，像是不停地做噩梦。半睡半醒的时候，我看见过院长和外婆，还有护士。醒来的时候，她们就在床边陪着，和我说话。我疲倦地昏睡过去后，感觉她们又轻轻地离开了病房。

当我再次抬起眼皮，已经是白天。

“喵？”我听见一声猫叫。

我睁开眼睛，看见小喵从门口探进头来。

“狗狗，你醒了？”

她拄着一个拐杖一跳一跳地蹦到病床边。

“现在没法说话是吧，可怜狗。”她摸了摸我的头发，“昨天晚上我犯迷糊以后，你在拼命保护我吧，像一条忠实的小狗那样？我虽然记不清了，模模糊糊能感觉到。”

我看着她，她脸上的血迹已经洗干净了，只是脑门这里贴了块白色的纱布。

“地上摔的，在马路上差点撞到出租车。”她指了指纱布，“不过没什么事，司机叫了救护车，送我们来了医院。我的脚崴到了，头撞了个包，其他没事。你的情况比我要厉害得多。所以现在我来慰问你了。医生说再晚一步你就没救了。现在你还没有脱离危险。”

她一蹦一跳地走到窗户这里，拉开窗帘，阳光洒在地板上，光线像水晶珠子一样四处散开了。她站在窗户前面，用手抹了抹玻璃，往上面哈了口气，然后用手指在上面画画。

“要是冬天就能看清楚了。冬天我们可以去溜冰，冬天会下雪还有糖葫芦和火锅。等你病好了，我们可以继续一起玩，看电影和吃烤串，我们还有白鲸表演没看呢。”

她在窗玻璃上画了一颗心。

“不过夏天过后，我就要去上大学了，有半年的时间见不到面啦。还好我们有手机，可以互相发短信，打电话。我告诉你大学里有什么好玩的事情，遇见什么好玩的人，有多少男孩追我。你告诉我老人院里你外婆和团长他们的情况，舒灵小丫头是认真读书还是偷偷早恋了，她妈妈的病情，还有作家大叔有没有新书出来。我们这样打长途，电话费不会便宜的，所以你要努力地画画，挣了稿费才能打电话给我。对了，你应该旅行到我读书的地方来看我，我可以带你去玩。嗯，就是这样，我们就靠你画画挣钱了，我负责带你去玩和生气，你负责哄我。这样的安排正好。除了欺负你，我还能欺负谁呢，是吧？”

她又一瘸一拐地蹦了回来，把一本书放在床边的柜子上。

“这本书就送给你了。明天我还要动个小手术，医生说我伤口下面还有些淤血，要打开伤口把血块去掉，不过动手术前要把头发剪掉。我留了好多年了，真舍不得全部剪掉。”

喵摸着自己柔顺的长发。

“我是不会让你看见我光头的样子的，明天头发剪掉了我就不过来了，所以趁今天来看看你，以后我会戴个好看的帽子。好啦，听我说了这么多，你都累了吧。那你休息吧，我走了。”

她俯下身子，亲了一下我的脸。

“别担心，我们都会好起来的。”

我最后一次看见她的嘴角翘起来。

“再见，狗狗。”她轻声说。

第二天上午是她的手术时间，从早上开始，我在明明暗暗的昏睡中等待着时间的过去，从阳光的走向中感觉此刻从中午走到午后，又走去了下午。除了走廊里偶然响起的急促的脚步声，一直没等到她的身影。她在我的窗户上留了一颗心。玻璃上的水汽融化后，那颗心也融化了。我再去看它的时候，什么都没有了。

医生和院长进到我的房间。他们站在床边，很久都没有说话。

“喵……”我在氧气罩下说，“喵……”

“我们马上给你进行手术。”他说，“如果手术成功，你以后就恢复健康了。”

我的呼吸完全依赖于一台机器，以至于我都无法控制自己的哭泣。眼泪顺着脸颊流到枕头上。我好像看见她趴在玻璃窗上，看着我。

哦，狗狗。她说。

当晚，医院给我进行了手术。我移植了一颗健康的心脏。

手术很成功。我活了下来。

第二十五章

夏天最后一个黄昏

我在医院待了两个月十九天，手术后要观察一段时间，一种情况是身体不接受新的心脏，另一种情况是心脏拒绝在新的身体里跳动。不过这两种情况都没有发生在我身上。每一天醒来，我都能感觉到它在我的体内，安静平稳地跳动，如同流浪已久的动物找到了一个新家。

我再也没有看见过喵。我的头脑说，她已经离开了医院，去上大学了。我的心却感觉到另外一种事实，那就是我失去了她。是那种生活中无法抵抗的事物，比如衰老，离开，死亡。它曾经带走我的妈妈，带走我的外婆，在可以预料的以后，它将带走一切我熟知和关心的人。有一天，它还会带走我。但是，我现在不能原谅的是它带走了小喵。

它让我感觉到失去了一切。就算我还活着。

手术后的第二个月我才知道发生了什么。我一直无法开口去问别人，不管是来看我的外婆，还是舒灵，或者是院长。我可以感觉到她们有什么事没有告诉我。最后我还是问的医生，是他把我叫做“中国孩子”，我们有时会聊聊天。有天早上，他来检查我移植心脏后的身体反应状况，听诊器测算心脏跳动频率的时候，我问他是否知道我的朋友去了哪里，就是那个额头上贴着纱布的女孩。

医生放下听诊器，拿把椅子在我床边坐下来。

“我是个医生。”他说，“我只会告诉病人事实。也许有时候会撒一点谎，可是我尽量只说真实的情况。如果你准备好了，那我会告诉你。”

“我准备好了。”我说。

“你的朋友……那个和你一起住进来的女孩，做了头部的一个手术，并不是因为淤血，而是因为她的大脑生了一个肿块。她的手术没有成功。刚进行到一半的时候，她就完全失去了生命体征……”

医生看着我。我拼命注视着医生的眼睛。

“她不在了，是吗？”

“关于死亡，有很多不同的定义。这要看我们怎么去理解它。”医生停了一会儿，说，“在手术以前，她签署了一份心脏捐赠的协议……她把心脏送给了你。”

我看了看医生，又低头看自己的胸口。我没有理解医生的话。

“那个女孩的生命并没有完全消失。”医生轻轻说，“你移植的心脏，是她留给你的。”

对我来说，失去喵意味着什么？

失去她意味着没有人再给我发各种表情的短信，没有人再给我打亲密的电话。没有清早的早安和深夜的晚安。再也没有她告诉我的那些奇妙的梦，再也没有一起的散步，再也没有电影院的梦幻时分。再也没有路边的烤串和啤酒。

再也没有人牵着你的手去酒吧听盲人歌手的演唱。再也没有雨天一起打伞，再也没有人会穿你的破T恤和沙滩裤。她再也不会揉着你的脑袋夸奖你聪明，她再也不会觉得你的画有趣，再也不会把绘本上的故事讲给你听。没有她的生气和她的原谅。再也没有人以那样温柔的方式欺负你。

失去她意味着我所存在的这个世界再也没有了小喵。

这个世界只剩下我一个人。我是经历了很长时间的思考以后才逐渐体会到，这种我以前从来没有体会过的感觉。失去她，我感觉到一种无法与任何人解释的失落。

孤独感。

她给我的那台手机如今只剩下时钟的功能。以后的每一分每一秒都没有她了。在全世界所有的人里，我只读得懂她一个人的表情。

我回到福利院的时候，夏天已经快要过去了。离开的两个月里，福利院几乎没有变化。只有隔壁的房间住进来一对老夫妻，他们在早上敲门，给了我一包巧克力，算是住进来的喜糖。老人们开了一个简单的欢迎会，有一个祝福的蛋糕。我手里拿着一块蛋糕，站在很多老人当中，却有些不知所措。就好像我已经活了很久了，但是我不知道我自己是谁。

我回到屋里，把自己关了起来。我想，我只是觉得孤独，有时候。很快就会好了，等今天过去，等晚上关灯了，等睡着了以后，等我睡醒了以后，我就不会感到孤独了。我把她给我的手机攥在手里，有时半夜以为响起了铃声，我打开手机。我给她打过去。电话再也没有接通过。她的声音再也没有出现。我在黑暗中闭上眼睛，蜷起身体，没有做任何的梦，只有安静的心跳陪伴。

白天变得漫长而宁静。清晨和傍晚的交替，炎热和湿润的变化，对我来说已经不是这么明显。有时我会一整天坐在院子里的长椅上，只是想明白活着是一种什么样的感受。雨点打在我的手背上，风吹过树叶间。我看着眼前走动的这些熟悉的老人。

一个人为什么会变老？变老以后，我到底会失去什么？我只是行动迟缓，记忆衰退，吃饭会流口水，眼睛看不清东西吗？我眼前的世界还是原来年轻时的世界吗？我爱的人还是过去那个爱的人吗？你变老了，你会变得惭愧吗？因为你没有原来那么健康，美丽，英俊，有活力，朝气蓬勃。你的头发变稀薄了，变花白了，你谢顶了，可是，这一切都说明了什么？是什么东西试图用这种方式告诉你，你就要离开这个世界了吗？为什么没有一个人能够从衰老这里逃跑？没有一个人能够真的永远年轻？

一天上午，我去看了白鲸的表演。我坐在第一排，在魔术和海狮表演之后，终于看见了来自寒冷国度的白鲸。它更像是一条白色的海豚。在表演数学、跳跃、击球等许多节目的时候，它看上去仿佛始终在微笑着。与其说表演吸引了我，不如说我更着迷于这个微笑的表情。散场时我一直留到了最后。

“你就是上次那个没有看成表演的男孩吧？”工作的女孩说，“今天你一个人来的吗？”

我只是摇了摇头。

“你可以离近点，白鲸对人很友好，尤其是对小孩子。”

我走下观众席，坐到水池边上。白鲸向我游了过来。它的头抬起来，微笑着看着我。

“我可以摸摸它吗？”我问。

“我觉得它很喜欢你，你可以试试摸它。”

我伸出手，轻轻放在它光滑的背脊上。它的眼睛看着我，好像是在无声地和我交流似的。它好像完全能够明白我在想什么。

“你很孤单吗，白鲸？我有个朋友说你在这里很孤单。因为你没有同伴。”

“你也是吗？”

“我也是，我失去了我的朋友。”

“你为什么因为她这么难过？你的外婆和妈妈，她们和她难道不一样吗？”

“她们是不一样的。我的妈妈和外婆，我知道她们有一天是会死的。我的妈妈病得很痛苦，我觉得死对她来说是一种摆脱痛苦的方式，而且我一直是她的拖累。她生下了一个生命有残缺的孩子，养了我九年，做到了一个妈妈能做到的所有事。我想最后是天上的神觉得她已经受够了苦，所以允许她离开了。爱华外婆已经活了八十七岁。她经历了一个人能经历的所有事。她当过孩子，当过妈妈，她有过孩子，她的孩子比她先走了。她经历过所有的事，以至于看电影的时候，觉得电影里的故事都那么平淡无奇。只有最后一件事她还没有经历过，那就是离开。她选择了一个很愉快的夜晚，安静地死了。”

“那个女孩是不同的？”

“喵是不一样的。她还那么小。就和正在迎接春天的小猫一样。就算是我，也知道她的未来比所有的故事加起来都要美丽。她会认识很多朋友，看很多的书，读很好的学校。她会去我做梦都无法梦到的国度旅行。我不知道她以后想做什么，她也许会成为作家，也许会当老师。她说她不想结婚，可是我觉得她最后还是会遇到一个人，那个人爱她要比爱这个世界更深。她会和他成家，会生一个聪明的孩子。这才是属于她的完整人生。”

“我为她感到难过。”

“你会喜欢她。可惜她没能来看你的表演。”

“不对，我感觉她也在这里。不是吗？你们一起看了我的表演。”

我们一起看了你的表演。

我愣在那里，再也说不出一句话。

白鲸长长的吻部碰了碰我的手心，然后潜进了水里。它的眼神仿佛孩子。

离开白鲸馆，从公园回到福利院的房间，关上门。我来到镜子前，脱掉T恤衫，从镜子里看着自己的胸口，那里有一条白色的痕迹，是手术缝合后留下的伤疤。心脏的移植手术。我的身体一直等待着一颗完好的心脏。旧的那一个是妈妈给我的，伴随了我十六年，它在那天晚上完全破碎了。现在我身体里跳动着的是另一个人的心。

我把手按在左胸，感受这份心跳。闭上眼睛听体内的声音。回忆像风一样穿过了心里，犹如乐器那样发出一阵阵好听的回声。她的笑声，她正在听的音乐，她在我身边唱歌。她的头发飞舞起来，阳光变得丝丝缕缕。她在雨里哭。她躲在我的背后。她学小猫叫。我听见她。

是你吗？

喵。她说。

等所有的声音都从心里消失以后，我穿上了衣服，躺在床上，身体渐渐缩成一团。这是手术以后第一次觉得心里痛得要命。一开始小声地哭，后来哭得上气不接下气，就算我想停止也停止不了。好像只有流下眼泪，心里的疼痛才会小一点。我想这是我人生中最彻底的一次哭泣。有很多的原因可以让我泪流不止，我的阅读障碍，我的表情识别困难，我的先天性心脏病，我还活着，长久以来的孤独，失去妈妈，失去外婆，失去唯一的朋友，不能代替喜欢的人而死。最后留下唯一深入骨髓的体会。喵仍旧和我在一起。

她送给我的那条小丑鱼还在我的屋子里。住院的这段日子，舒灵每天照顾它和仙人球。现在它又回到了我的桌面上。我透过玻璃罐，安静地观察它游动的姿势，甚至连护工叫我都没有听见。

“有人来看你。你还是不想见这个人吗？”

从走廊可以看见他坐在树荫下的长椅上。他是个疲惫的中年人。疲惫不是表情，所以我能看出他没有精神，从古旧的短袖衬衫，从发皱的短裤，从干瘦的小腿和变形的皮鞋。这些都是疲惫。这是个疲惫而陌生的人。陌生人低着头，脸上都是汗。这是个很热的天气。

我端着切好的西瓜下楼，走到树荫下。

“你要吃西瓜吗？”我问。

夏天除了烤串、啤酒，还有西瓜，她喜欢坐在床上抱着半个西瓜用勺子舀着吃。

陌生人不知道是在看我还是在看我端着的脸盆，脸上满是皱纹。西瓜是他带来的，现在切成十二片摆在脸盆里。看得出他热坏了，我们坐在一个长椅上闷头吃西瓜。一开始他吃得很快，到第四片他的速度才放慢了下来，他手里捧着啃了一半的西瓜，开始结结巴巴地说话，说着说着他就哽咽起来，然后他一边擦去眼泪，一边继续啃剩下的半边西瓜。

他试图告诉我一个故事。一个纺织厂工作的青工和一个年轻的织布女工。一个先天不足的婴儿。没有钱给孩子看病，因为分歧而争吵，对未来的恐惧，十几年的逃避。这个故事由胆怯、背叛、穷困和爱组成。

他告诉我他的现在。他今年四十六岁，两次下岗后的就业，一个普通的家，所有的希望在读书的孩子身上，但是忧愁买不起房子，读不起大学，看不起病，还有老人要供养。他试图让我知道他的生活。我能够理解他和他的故事。他的一切都很正常，不像我。一个正常人的生活并不容易。对于我来说，他只是个路过福利院吃西瓜的陌生人。我们因为偶然的相遇在一起吃西瓜，所以才认识了对方。这应该只是一个开始。

一个人只要在你的生命中出现过，就像人生经历上的划痕，或多或少，都对你的人生产生了影响。只是我们不知道这种影响对我们生命的意义，只有很久以后才会明白。

夏天的最后一天，我在福利院见到了她的父母。

她的爸爸戴着一副金边的眼镜，身上有种书卷气。相比起来，她可能更像她的妈妈，因为她的妈妈也穿着一条白色的连衣裙，还有面孔也有相似之处，但是除此以外，也只能感觉到很少的痕迹，毕竟，喵是那么的独一无二。

我带他们参观了福利院，然后去公园里沿着湖边散步，这是他们的请求，他们想知道喵在最后的几个月里都经历了什么，看见了什么。他们想更多地了解自己的女儿。我于是告诉他们我和喵每天的散步，到湖心小岛上的聊天。喵说湖心岛上的雕像像她的父母。走到岛上，我把这句话也告诉了他们。

“我不知道她为什么会来福利院找我说话。”我说，“她是我认识的唯一一个同龄的女孩。”

“可能她需要一个朋友。”喵的爸爸说。

“她没有朋友吗？”

“她是很聪明的女孩，大家都很喜欢她。但是她生病以后，变得有点孤独了。我觉得她是把你当成了好朋友，在最近的几个月。”

“我不聪明，但我把她当成是我最好的朋友。”我说，“她教会了我很多东西。”

“她很特别，是吧？”

“她是我见过的最特别的女孩……虽然我没有见过其他的女孩。”

我犹豫了一会儿，还是松开了画夹，抽出了最后一页画纸。

“我想把这张画送给你们。”

喵爸爸接过画。

“这是……你画的她？”

“这张画我画了好几个月，昨天才刚刚画好，可是不知道像不像，我有表情识别障碍，一直画不好人的面孔。这是我第一次画……”

喵爸爸和喵妈妈看了很久我的画。喵在我的画上。

“非常像。”他说，“谢谢。谢谢你的礼物。我们很喜欢。”

喵妈妈忽然哭了起来，她坐在长椅上，弯下腰哭了好一会儿。不管喵爸爸怎么劝都劝不住。她紧紧地捏着那张画。

“以后……以后你有空的话……就来我们家吃饭。”她抽噎着说，“我把我女儿爱吃的菜都烧给你吃，你有空就来我们家吃饭，好不好？”

“……我饭量很大。”我说。

“跟我女儿一样。”她一边抹眼泪一边笑了起来。

“她提起过你，她说她妈妈喜欢昆曲……《牡丹亭》是吗？”

“是啊，以前我还教她唱过……但是相思莫相负，牡丹亭上三生路……”

可是她太难过了，只唱了两句就唱不下去了。喵爸爸拿手帕给她擦眼泪。

“她借给我这部手机用。”我握着喵给我的白色手机说，“我可以留着吗？”

喵妈妈点头。

“你留着吧。我也留着女儿的手机。我在她手机里看见了你们发的短信。”喵爸爸说，“我们不会注销她的号码。还有你的号码我们也打算留着。”

“你不想忘记她，是吗？”我轻声问。

“我不想忘记她。”喵爸爸说，“她是我的女儿。她带给我的东西，远远要比我给予她的多。”

“我也不会忘记她。”我说。

喵爸爸的眼圈红了。他扭过头。

“我们要回去了。你现在回福利院吗？”

“我想再坐一会儿。”我低头说。

“别忘了……来吃饭。”走的时候喵妈妈说，“什么时候都可以来。”

我看着他们牵着手离开小岛，沿着湖岸缓缓远去，好像一对年轻的恋人。傍晚的时候常常有很多学生情侣沿着湖边散步。他们大都来自附近的大学。我想起喵有一次说，大学就像养老院，而且事实上，更多的人死在了大学里。她说这是一个叫鲍勃·迪伦的外国唱歌老头说的话。我不认识什么外国唱歌老头，我只认识喵。

我对你到底了解多少呢？

第一次见到你的时候，我数了你的眼睫毛。你有二百零六根如同鸟儿羽毛一样的眼睫毛。三百二十七，这是你眉毛第一次弯起来时的数字。你爱穿的格子裙，一共有九十六格方格。我们一共认识了一百二十四天，见了四十五次面。

可是，除了这些，我对你还是一无所知。就连你真正的名字我都不知道。我对你什么都不了解。我只知道你的名字叫喵。

这是夏天的最后一个黄昏。金色的湖面波光粼粼，几艘未归的游船散落在岸边和湖中。我坐在湖心小岛的长椅上。低头回忆关于她的一切。我想起她给我起的名字，想起那些夜晚的梦在失去了她以后无处可去，那些故事也都随之消逝了去记忆中的某个地方。

我的腿上搁着她在医院里送给我的书，也是她第一次带给我看的书。活了一百万次的猫。不管活了几次，最后还是死了。停止哭泣，在最后的光线里打开书，打开和她有关的记忆。意外的是，书的扉页夹着一封什么东西。我拿起来，辨认了一会儿，好像是一封信。信封上没有名字，只有一个小猫。

这是她留给我的一封信。

第二十六章

给狗狗

我一直在想应不应该告诉你所有的事情。要是我的手术成功了，我大概会想办法把这封信偷回来。你永远也不会知道有这封信存在。但是我想手术很有可能不会成功。这只是一个预感。就跟预感一个没有见过面的人会不会喜欢自己一样。我预感手术不会喜欢我。

如果现在你已经打开了信封，读到了这里，那说明我已经不在了吧。不在了就是不在了。不是去了什么地方，而是从来没有存在过的那种不在。另一方面，你一定已经离开了医院。并且在我送给你的书里发现了这封遗书一样的东西，不是的，别把我的信当成遗书，这是我给世界上唯一的朋友寄的唯一一封信。

我这么说并不是我对未来觉得悲观。过去也许是的，过去我对生活里的一切都觉得悲观，从很久前我就一直在猜测死是一种什么样的感觉。我觉得死对我来说并不是一件遥远的事情。

事情是怎么发生的呢？我现在也想不起来具体是什么时候了。至少有半年的时间，那时我还在学校里读书，发病的时候觉得头痛，伴随着呕吐、看不清东西，然后短时间失去意识。这不是用脑过度，也不是偶尔犯一下可爱的迷糊。我的大脑生病了，原因可能是因为空气，因为辐射，更可能只是因为运气不好，就跟你的心脏一样。医院的结论是没有别的办法，必须手术把生病的地方去掉。可是谁也不能担保手术一定成功。不过，我在知道这些以后，并没有别人以为的那么痛苦。我想早在我大脑生病之前，我在精神上已经病了很久。

不知道从什么时候开始，我失去了继续活下去的勇气。一切都是无所谓的，生也好死也好，病也好快乐也好，一切有什么意义呢？一个人用功读书，读得再好有什么用？努力赚钱，钱再多有什么用？精心打扮，再漂亮有什么用？获得再高的荣誉有什么用？最后每个人都会孤孤单单地死掉的，不是吗？那么在消失以前，所做的一切事情，都是无用功，都是虚无。

在生病以前，我要费很大的劲才能劝说自己继续活下去。但在确诊得了这个病以后，我反而松了一口气。现在我只要考虑死的事情就好了。与生相比，死反而简单得多。甚至不想手术。死就死了吧。就当自己从来没有活过好了。

我是从医生和爸爸对话里听到你的事的。爸爸是医学院的老师。他们提到有这么一个病例，一个先天性心脏病的孤独症男孩，住在养老院里，一直在等待心脏移植手术。我在爸爸经常读的医学杂志上找到了关于你的那篇论文。他们叫你“中国孩子”，就跟那首歌的歌名一样。现在你也听过它了吧。

也许是因为好奇，也许是正好去附近路过，我去了他们提起的养老院。于是我在那里遇见了一个眼神单纯的男孩。那就是你。你和我认识的所有人都不一样。因为你是个除了善良以外一无所有的小孩。这一点在我第一次和你说话的时候就感觉到了。知道为什么我要叫你狗狗吗？我曾经看到一条天生残疾的小狗，它只有两条后腿，没有前肢。可是就算是这样，这条小狗还是很快乐地吃饭，用后腿站起来走路，并且以最大的善意面对这个世界。你们都在以最大的善意面对这个世界。

我是真的把你当成了陪伴我的大狗了吧。我没有要好的朋友，因为我是个坏脾气、任性又自我的女孩。也许之前我没有意识到，我认为这个世界围绕着自己旋转是理所当然的。就算我想对你好一些，还是会经常挑剔你。我觉得你是个没有心思的笨蛋，不管我怎么对你发脾气，你都不会生气。有时我想，除了父母之外，你是对我最好的人了。

所以我也要对你好一点。我想要把我知道的都和你分享。动人的故事，奇妙的梦境，美丽的歌谣。有趣的是，在分享的过程中，我也逐渐发现了这个世界的美好之处。我梦见你了，狗狗，我梦见你是一个正常的男孩。我们一起去旅行。生活和活着是两个完全不同的概念。我以前只是活着。如果我能活下去，我要真正地去生活。

有时候我叫你白痴，或者是笨蛋，可是我心里并没有真正这样觉得。你只是用一个简单的方式保护着自己和自己的小小世界。我们都一样，我们都是孤独的孩子。也许正是这一点让我们能够互相认识。所以就算有别的可能性，假如你的心脏没有问题，假如你像普通小孩一样在学校读书，假如我的大脑没有故障，我们也许会有另一种未来。但不管是哪一种未来，一定有一种东西让我们能够在万千人海的世界里互相认识。你是个正常的男孩，我是个普通的女孩，这是另一种可能的未来。

你现在还不会读书写字，可是我想以后你会学会的。你已经会画出你的故事了。我想教会你很多东西。我想带你去吃很多好吃的小吃，去很多美丽的地方画画，我想要让你知道这个世界有多么美妙。也是让我自己知道，这个世界值得我们为它活下去。你抬头，会看见无尽的星空。

明天，我就要手术了。我希望手术能成功，我睁开眼睛，还能看见这个世界，还能看见你。可是万一没有，我希望能送给你一件礼物。你收下它，代替我活下去，代替我去生活。

并且有一天，你会读懂这封信。

再见，狗狗。

喵。

第二十七章　旅行

用了一天的时间收拾屋子，打包行李。在头一天把该做的事情都处理好，省得第二天走的时候手忙脚乱，毕竟这是第一次真正离开福利院。

“你要出去几天？”舒灵问，“要我帮忙吗？”

收藏的绘本书不用随身带走。女孩帮忙把一纸箱的书抬到她妈妈的房间。剩下的东西都已经打包进了一个很大的登山包，是团长特意托战友的小孩买来的。登山包里放了我的画板、两本随身带的书、换洗的衣服、牙刷和毛巾，还有地图。舒灵妈妈在轮椅上看着我和舒灵整理背包，轮椅扶手这里吊着一个肯德基玩具套餐里的哈罗凯蒂，有时她会无意识地拿起这个玩偶来，像是在好奇它的来历。

还有窗台上的仙人球。我拿了爱华外婆留下的花锄，去楼下的花园，选了一块每天都能晒到太阳的向南空地，翻土，连花盆整个埋进土里。仙人球是很坚韧的生灵，只要阳光和一点水就能活下去。我想它会喜欢这里的，这里要比窗台上宽敞明亮，又有别的植物陪伴。附近有狗尾巴草、牵牛花、紫色的苜蓿，还有米粒大小的黄色花朵点缀其间，不时有雀鸟飞过来。

安置了仙人球，手伸进裤袋里，好像摸到了什么东西。拿到手里一看，是一个粉红色的发卡。那天晚上我从地上捡了起来，随手放进了牛仔裤的裤袋。现在它像是精灵一样重现在我的手心。我看着这个发卡好一会儿。

“这是什么？”舒灵问。

“喵的发卡。”我想了想，说，“还是送给你吧。”

“我头发长了，正好想要一个。”

舒灵把发卡别到脑后。

“很好看。”

“你真的不留着吗？”

“我有别的。”我说。

“那条鱼？”她问，“那条鱼你怎么办？”

“我会带着。”我说，“而且我只出去几天，下一次作家大叔说他会带我们一起，等你下次放假。”

离开花园时，我发现院长一直站在楼梯那里。

“是明天上午？”她问，“东西都收拾好了？”

“明天上午。”我说，“都收拾好了。我知道现在床位很紧张，如果这两天有新的老人要住院，院长你可以让他们住在我的房间里。”

“那你回来没住的地方怎么办？”

“我可以和团长他们挤一下。实在不行就打地铺。”

“别这么可怜。这里一直是你家。”她笑了，眼角都皱了起来，“只要我还当院长，这里就有你住的地方。”

晚饭后就上床休息了，夜里没有做梦，直到第二天清早起来，和这七年的每个早上几乎一样，早饭后还和老人们一起做了关节操。我觉得自己住在这个福利院里的七年时间里，只是做了一个悠远的梦。我在梦里变成了一个老年人。我在梦里变老了。当我睁开眼睛时，我又变回了一个年轻人。

套上T恤衫牛仔裤，穿上运动鞋，系紧鞋带，拉好背包的拉链。送货车来了以后，我关上房间的门，钥匙交给护工，去和我的两个外婆道个别。二外婆叮嘱我别忘了初一、十五吃素，要注意身体，不舒服就要去医院检查。三外婆叮嘱我每天不要忘记给手表上发条。她说出门要知道时间，就把那块瑞士表送给我戴。手表现在戴在我的左手腕，对了电视上的时间，走得很准。

我抱着玻璃罐下楼，没有忘记带住院证。我那两个加起来近两百岁的兄弟在院子里等着。团长、老可怜看样子已经和司机抽了根烟。司机帮忙把背包塞在货车的座位后面，鱼缸我还是自己抱着。团长因为白内障认不准人，拍着我的肩膀叫我照顾好他的兄弟，那个笨男孩。

“我就是那个笨男孩。”我说，“你别再抽烟喝酒了，老男孩。我回来再跟你下棋。”

我坐在副驾驶座。老可怜扒着车门对司机重复说一句话。

“开车当心……开车要当心……”

“晓得的，爷叔。我拿他当老大总可以了吧。”

送货车离开了养老院的大门，开上外面的马路。

“老大，你抱着鱼缸，现在先想去哪里呢？”司机问。

我低头看了一会儿那条小鱼。

“海边。”我说，“只要能看见海就可以了。”

送货车开了一个多小时，上了高架，然后是高速公路，下了高速就到了环海大道。我打开车窗，看见大片的海面渐渐出现在视野里。司机把车停在路边。停车的地方可以看见沙滩。我有些晕车，下车之后吐了出来。这是我第一次坐车去很远的地方，身体还没有来得及适应。不过走到海滩时，心跳已恢复正常。退潮后的沙滩湿软，我脱掉鞋袜，走进水里。海水淹到膝盖。

我低头看了一会儿玻璃罐里的小鱼，弯腰临近海面，打开罐子。

鱼缸倒空了，小丑鱼游进了海里。

去找你的家人吧，去找你的朋友，去快乐地生活。再见，小鱼，祝你幸福。

和想象的不一样，海水是透明的而不是湛蓝色的。我站在海里，眯起眼睛闻空气里的咸味，听海风在耳边的声音。阳光像音符一样在海面上跳跃。但是有一天，我会看见真正蓝色的大海，就跟你梦见的一样。我相信。

提着鞋和空罐子回到路边，坐回车里。

“老大，接下来你想去哪里？”司机问。

接下来，我想去哪里？

医生告诉我，在所有成功的心脏移植病例中，活得最长的记录是二十年。我不知道自己能不能达到这个纪录，但我准备活下去，在做完所有想做的事之前，我要代替你活着。

我想走出去，看看这个世界。

我知道我不识字，看不懂别人面孔上的表情，没有别人那么聪明。但是如果一个眼睛看不见的盲人都能旅行，那么我也可以。

眼睛看不见，可以唱歌。我有什么？

我十六岁。

背包里有画笔、画板和梦想。

我看得懂微笑。

现在还拥有了一颗健康的心。

医生说，我是个中国孩子。

不管我一个人去了哪里，都不会害怕和孤独。我知道你会和我在一起，永远。

司机说先去南边的小城市运货，那就先去南方吧，我都可以。南方有温暖的阳光和湿润的雨水。查了下地图，那个叫鼓浪屿的小岛也在南方。也许不久我就会去那里了。蓝色的海豚挂件吊在登山包背带上，一路晃来晃去。路上要很长时间。我拿出手机，戴上耳塞。手机里有音乐，我刚刚学会怎么使用它。按播放键，耳朵里就听见了歌声，是那天晚上的最后一首歌，关于爱情的。

我们只能在彼此的梦境里虚幻地徘徊
徘徊在你的未来
徘徊在我的未来
期待我们的灵魂躯体重新回来
人在悲伤的时候唱歌跳舞

我想起那封信。那封信在背包里。我还没有打开看过，我想以后我会读懂的。我会带着你的梦想去远方。有一天，我会再次看见。不是在那些你说的故事里，不是在那些我画的画里，而是在我们的心里。

你的心去哪里，我就去哪里。

我听了一会儿音乐，渐渐有了困意。我睡着了，做了一个梦。我在梦中来到你的海岛。你穿着白裙子，站在海边，风吹起你的长发。然后你回过头，叫了我的名字。

狗狗。你微笑着说。

图书在版编目（CIP）数据

中国孩子/哥舒意著. －北京：作家出版社，2015. 8
ISBN 978－7－5063－7861－1

Ⅰ. ①中… Ⅱ. ①哥… Ⅲ. ①长篇小说－中国－当代
Ⅳ. ①I247.5

中国版本图书馆 CIP 数据核字（2015）第 045559 号

上海作协签约作品
上海文化发展基金会资助项目

中国孩子

出 品 人：葛笑政
作　　者：哥舒意
责任编辑：汉　睿
特约编辑：赵　衡　肖文佳
装帧设计：潘伊蒙
出版发行：作家出版社
社　　址：北京农展馆南里 10 号　**邮编**：100125
电话传真：86－10－65930756（出版发行部）
86－10－65004079（总编室）
86－10－65015116（邮购部）
E－mail：zuojia@zuojia.net.cn
http://www.haozuojia.com（作家在线）
印　　刷：三河紫恒印装有限公司
成品尺寸：142×210
字　　数：130 千
印　　张：8.75
版　　次：2015 年 8 月第 1 版
印　　次：2015 年 8 月第 1 次印刷
ISBN 978－7－5063－7861－1
定　　价：29.80 元

哥舒意作品推荐

已出版

《如果世界只有我和你》哥舒意/著

如果在末日，我和你。
一个爱与守护的故事，一本让男人也会流泪的书。
末日地震后，城市沦为一座孤岛。
三十岁的男人和六岁的男孩儿被留在世界中心的孤岛上。
一个是普通的失败的上班族宅男，一个是缺失父爱又失去妈妈的孤独男孩儿。
在孤岛，相依相爱，而离别汹汹而至。
他们要如何对抗这个覆灭的世界？我又该怎么守护你？
如果明天一切都结束了，什么是梦想？什么是幸福？什么是爱？
每个人都是一座孤岛，但孤独源自爱。

哥舒意“爱的三部曲”为爱而生